「――実は私、
運命的な出会いをしたんです」
JN104127
ひめかわさら
姫川沙羅
家族の期待に応えるため完璧主義で決して弱みを見せない。クラスメイトからは遠巻きにされている。親に見合いを進められているが、赤崎晴也との出会いで心が揺らいでいる。

「……お兄さん、
恋バナとかってないですか？」

小日向凜（こひなた りん）

常に明るく振る舞っているが、実は臆病な女の子。過去にクラスメイトの女子にイジメられたことがある。

「ちなみにこれは
デートじゃなくてオフ会だからね」
たかもりゆな
高森結奈
理想が高く誰にも頼らず一人で全てを解決しようとする。何でも全力で取り組む性格のため、過去に周囲と軋轢を生んだこともある。

「赤崎さんもこっちに来ましょうよ！
すっごく気持ちいいですよ」
いつの間にか沙羅は靴と靴下を脱いで……
足先を湿った砂に埋めていた。

なぜかS級美女達の話題に俺があがる件

脇岡こなつ

角川スニーカー文庫

23679

CONTENTS

story by wakioka konatsu
illustration by magako

nazeka
S-class bizyotachi
no wadai ni
ore ga agaru ken

第一章　S級美女達と赤崎晴也

nazeka
S-class bizyotachi
no wadai ni
ore ga agaru ken

「よし、こんなもんかな……」

五月の初旬。

その日はゴールデンウィークの最終日だった。

赤崎晴也は外出する前に自分の身なりが整っているかを鏡の前で確認していた。

ワックスで無造作に整えられた髪型。マイナーながらも人気あるブランドの装飾品。派手すぎず地味すぎない白と黒を基調とした清潔感のある服装。

四肢を動かしたり、表情筋を伸ばしたりして、違和感がないことを確認する。

(姿勢良し、表情良し、服装良しっと……)

爽やかな顔つきで身支度を終えると、晴也は一人、家を後にした。

一人暮らしの自宅から歩くこと約十分。

晴也の視界の先に見えてきたのは大型商業施設。

今日は目当ての商品があって晴也の目的地はそこだった。

背の高い建物が近づくにつれて、歩く速度が遅くなっているのを晴也は自覚する。

（……今日は人が多いな）

祝日、それもゴールデンウィーク最終日ということもあって大型商業施設を利用する客は少なくない。

そのため、この群衆は十中八九自分と同じ利用客だろう。

そう、晴也は推測していた。

人数の多さに圧倒され思わず苦笑を浮かべてしまう。

自分の前方にいる人々を遠目に確認すると、晴也は方向を変えた。

（これは……裏ルートから行ったほうがいいな）

脇道に逸れて人通りの少ない小道へと方向転換する。

少し前、この大型商業施設に向かう際に見つけた人通りの少ない小道。

それを晴也は裏ルートと名付けていた。

裏ルートは狭く薄暗い道のため注意を払って歩みを進めていく。

まだ、裏ルートには慣れていないからか、この道特有の静けさには身体が馴染んでくれずにいた。

そわそわと落ち着かず、また顔が無意識に強張っているのを自覚する。

重い足取りの中、小道を通っていくと出口付近で何やら不穏な空気を晴也は感じ取った。

「……嬢ちゃん、モデルぜったいやったほうがいいって。ホント、ホント」

「……い、いえ。すみませんが……け、結構ですから」

前方で自分と歳が近いであろう一人の女性とその女性に執拗に声をかけている一人の男性が晴也の目に留まった。

彼らを遠目に確認しながら、興味深そうに晴也はその光景を凝視する。

(モデルのスカウト？　いや、それにしてはしつこいな。新手のナンパか？)

思わず漫画の中でしか見たことないようなシチュエーションにでくわした、と晴也は内心でときめいてしまった。

十六年生きてきた中で、女性がナンパされている光景を目の当たりにしたのは今回が初めてだったのだ。

「そんなこと言わずにさぁ……ほら、詳しい話聞けば変わるって！　だから近くの喫茶店にでも――」

「……きょ、興味ないですので」

「だからぁ～」

傍から見ても男性のほうが女性にしつこく迫っているのが伝わってくる。

この様子では、男性のほうから引き下がる可能性は全くもって感じられなかった。

だが、スカウト？　なのか真意は測りかねるが、男性側の気持ちも晴也から見て分からないではなかった。

（……あの女の子、レベル高いなぁ）

晴也の視界の先に映る女の子は紛れもない美少女だ。

歳の頃は晴也と同じ十六、七といったところだろうか。

艶のある髪はこの薄暗い路地裏でも煌めいているかのように感じられる。

どことなく幼さを残しながらも顔立ちには確かに色香を漂わせていて、その証拠に豊満な胸元は服の上からでも伝わってくるほど成熟を見せていた。

それにしても、と晴也は首を傾げる。

（……どこかで見たことある気がするんだよなぁ）

彼女の容姿に見入れば見入るほど晴也は既視感を覚えてしまっていた。

その違和感の正体に迫りたいところだが、あいにく今はそんな状況ではない。

晴也は首を横に振って彼らに向けて歩みを進めた。

どうやら助太刀に入ることを決めたらしい。

（さすがに……あの場を素通りできるメンタルは俺にはないからな）

それに困っている美少女を目の当たりにして無視するのは良心が痛む、と晴也は思ったのだ。

「……あ、あの」

「ん？　なんだ？　お前さんは」

気づかれないように接近したところで声をかけると、厳つい顔が晴也の眼前で露となる。

オールバックの金髪に細く鋭い双眸。

こう言ってはなんだが、晴也はいかにもチンピラといった風貌だと眼前の男を内心で評した。

（……ああ、でも、これは怖いな）

男の意識がこちらに向いたことで、女の子が震えていた理由を晴也は改めて理解する。

実際に対峙してみて分かったことだが、その男は威圧感がすごく有無を言わさぬ眼光を飛ばしてきていたのだ。

思わずその場から逃げ出したくなった晴也だが、ぐっと堪えてただ男の瞳を見つめ続ける。

あいにく、晴也には恐怖心からそうすることしかできなかった。

――白馬の王子様であったなら。

――正義の味方のヒーローであったなら。

きっと果敢に立ち向かい相手を撃退するのだろうが、晴也は平々凡々な高校生。

せいぜいこうやって相手を見つめ返すことが関の山なのだ。

と、晴也は情けなさを痛感しつつ、同時に自分の無力さを内心で呪う。

「…………」

「…………」

互いに見つめ合うこと数秒。

美少女の視線はなぜか晴也のほうにだけ注がれているものの、晴也は構わずに男から視線は外さなかった。

（ああ……やばいな。しゃしゃり出たはいいけど頭の中は真っ白だ。こういう時はなんて言えばいいんだっけ……）

表情には出さないものの、内心で晴也は頭を抱えており、ちびりそうになっていた。

自然とガクガク身体が震えだしてまずいと焦る晴也だったが、意外なことに先に口を開いたのは男のほうだった。

それも、何やらどこか震えて怯（おび）えた様子で。

「……ひっ⁉」

途端、不意に間抜けな声を漏らした男。

「え……？」

男の発言の意味が分からず晴也は思わず呆（ほう）けた声を漏らした。

「ちっ。お、男持ちかよ……」

なぜかビクビクと震えだし、男は逃げるようにその場から退散していった。

一方、情けないことに特に何もできなかった晴也は、何が起こったのか理解することができずにいた。

(……どういうことだ？　え、なにこれ。まさかドッキリとか？)

ＴＶ番組の企画と言われれば信じそうだったが、その可能性は女の子のほうから否定されることになった。

「あ、あのっ……ありがとうございましたっ！」

「……えっ。ああ、あはは。いや俺は全然何もできませんでしたから」

できることなら晴也もカッコをつけたかったところだが、相手を見つめ返すのが精一杯だった。

だが、彼女はそんな不甲斐(ふがい)ない晴也に気を遣ってくれたのだろう。

何とも律儀な様子で晴也の発言を否定してくる。

「そんなことありません！　あの……怖い人相手に臆せず、撃退してくださったのですから……カッコよかったです」

「えっと……はは。どうも」

乾いた笑いをこぼして晴也は彼女から視線を外した。

実際のところ、その怖い人相手に臆していたしビビり散らかしていたわけであるが、こんな風に熱い視線で褒められてしまっては素直になることもできず、ばつの悪さから晴也は愛想笑いを浮かべることしかできない……。

眼前に佇む美少女は自分から目を離してくれず、何だか晴也は居心地が悪くなった。

カッコがつかなかった分、余計なお世話だろうがお節介だけは焼くことにする晴也。

「こんな狭い脇道を、女の子が一人で通ってたら危ないから……気をつけてくださいね」

「……は、はいっ」

美少女は晴也の忠告に対し大きく頷いてから頭を下げた。

晴也はそんな彼女に苦笑しながらもその場を後にする。

もうあの美少女と関わることはないだろうが、なんというか気恥ずかしさだけが残った。

（……でも、やっぱりあの子、どこかで見たことある気がするんだよなぁ）

そんな既視感に再度襲われつつも晴也は大型商業施設へと向かい歩きだした。

だが、晴也はゆくゆく知ることになるのだ。

ほんの偶然で助けた彼女がＳ級美女と呼ばれる同級生であったことを……。

＊＊＊

翌日の朝。

暖かな陽射し(ひざ)と鳥のさえずりが調和を見せている、何ともうららかな朝だった。

晴也は自分の通う栄華(えいが)高校(こうこう)の教室にたどり着けば、早々に自席につく。

——現在の時刻は八時十五分。

朝のホームルームを控えた晴也のクラスでは、生徒達それぞれが談笑で賑(にぎ)わいを見せ、教室内はいつも以上に喧噪(けんそう)に満ちていた。

今日は何しろ長きに渡るゴールデンウィーク明けの初日である。

休暇をどう過ごしたのか。その話題でさぞ生徒達は話に花を咲かせているのだろう。

入学直後の不安と緊張で満ちた静寂な空間はもはや懐かしく思えるというものだ。

あの頃は生徒達の全員が周囲の様子を窺(うかが)うといった感じだったため、友達ができている生徒は見当たらなかったのだが、今や皆が一様に友達を作り様々な話を膨らませている。

つまるところ、入学から一か月も経(た)てば一緒に過ごすクラスメイトはだいたい固定されるようになり、一人でいる生徒はほとんど見られなくなってしまう。

さて、そんな喧噪に満ちているなか、晴也はというと。

「……、………」

と、誰かと会話するでもなくただ一人、机に顔を突っ伏し寝たフリを決め込んでいた。

その様はだらしないと言わざるを得ず、またそれには今の晴也の容姿が影響していると言っても良かった。

ボサボサッと目元まで覆われた前髪に黒縁フレームのメガネ。

それから緩んだネクタイに着崩された制服。

心なしか姿勢も猫背気味で、それらの要素が相まって存在感の薄さが際立たっていた。

昨日外出していた晴也の姿と今の晴也の姿ではまるで別人のような変貌ぶり。

もし昨日の姿で晴也がこの席に着けば、生徒達の多くは目を丸くさせるに違いないだろう。

今の晴也の姿は控えめに言っても根暗な男子そのものだった。

もっとも、その理由は学校で目立つと碌(ろく)なことがないため極力目立ちたくないと晴也が思っているからなのだが。

（……それにしても、昨日買った少女漫画は面白かったなぁ）

窓際後方の席。

顔を突っ伏す晴也はクラスでの自分の評判なんて気に留める様子もなく、内心でそんなことを想(おも)っていた。

誰にも明かしてはいないものの、晴也にはちょっとした秘密がある。

それは少女漫画の収集。

新作が出ては、ひっそりと買いに出て自宅でニヤニヤしながら楽しむのだ。

昨日、大型商業施設に向かったのも新作の少女漫画を買うために他ならない。

（……王道の展開はやっぱりいいよなぁ。チャラ男から主人公を助ける展開とか特に萌えたな）

思わず笑みが零れるのを必死にこらえる晴也。

それほどまでに少女漫画が面白かったのだろう。一人、内心で悶絶している最中、一際からっと明るい声が聞こえたのはその瞬間だった。

「おはよ～沙羅ちんと結奈りん」

明快で可愛らしい声が教室内に響き渡る。

声の主である小日向凜は可愛げがあって、クラスの中でも特にイケてるグループの中心人物だ。

今現在、机に顔を突っ伏している晴也の教室での立ち位置とは正反対といっていい。

――空気、人畜無害のモブ。

栄華高校に入学してから早一か月が経っているものの、クラスメイトに名前を覚えてもらっているかさえも怪しい立ち位置の晴也とはまさしく正反対。

スカートの丈が短く首元も緩い。いわゆる、ギャル気質な凜だが、小柄な体躯とどこか幼い顔つきもあってか威圧感はなく可愛らしさが勝る、そんな女子だ。

それはさておき、小日向凜が教室に入ってきた途端、いや正しく言えば晴也の席近くで集まっているクラスの一軍グループに彼女が来た途端にクラスはざわめきだした。

「Ｓ級美女達ってやっぱり集まると絵になるよなぁ」

「ホントだよね。慣れてきたと思ってもさ、あの三人組、アイドルみたいでやっぱりちょっと気圧されちゃう……」

「あそこまで可愛いと嫉妬する気もおきない」

それまで色んな話題に花を咲かせていたはずのクラスメイトは、三人の女子生徒が集まった途端に話題を一つにして感嘆の声を漏らす。

この三人の女子生徒が集まれば、男女問わず羨望の眼差しを彼女達は向けられるのだ。

「……あっ、おはよう。凜」

凜の朗らかな声に呆れながらも、透き通ったキレのある声音で高森結奈が応えた。

長い黒髪には艶があって清楚な雰囲気を醸しだしている女子生徒。両耳にはピアスをつけていて制服もダボッと着崩している。

また凜とした顔つきには退屈さと同時にどこか色気も感じられ、誰に言われずとも抜群の美人である。

「……おはようございます、凜さん」

そんな結奈に続いて、姫川沙羅が遠慮がちにやや遅れて顔を凜に向けた。

艶やかな髪と気品のある顔立ちからは育ちの良さが窺える。彼女は同級生にも敬語を使うことから、高貴なその立ち居振る舞いに心を奪われた男子生徒は決して少なくない。

そんな華やかで煌めく容貌を持つ凜、結奈、沙羅の三人が集まれば男子達は色めき立ち、女子は女子で尊敬の念を持ってクラスで話題にあげるのだ。

事実、彼女達はその類い稀なる美貌から、一部の生徒達からはS級美女と呼ばれていた。

「このゴールデンウィーク中さぁ～、沙羅ちんと結奈りん。なんかいいことあった？」

「この期間は特に……。そういう凜こそどうなの？」

「私はバイトだったからさ～。恋バナとかあればいいなって思ったんだけど、ないか～」

どこか残念そうに凜は肩を竦める。凜は人の色恋、恋バナに目がないのだ。

すると、そんな凜の様子に、結奈は髪を指で巻きながらどこか退屈げに答えた。

「でしょ？　そんな良い出会いはなかなか起きないってことね、沙羅ちん？」

結奈がそれまで静観していた沙羅に同意を求めると、沙羅はビクッと肩を揺らす。

予想に反した沙羅の反応に、結奈と凜は二人とも目を丸くした。

よく見れば沙羅は頰を心なしか紅潮させており、挙動も落ち着きが見られなかったのだ。

沙羅は顔を赤くし、俯く。

「え、嘘でしょ？　沙羅ちん……」

勢いづいて先に突っ込んだのは凜だった。

目を輝かせ、期待に満ちた瞳を沙羅に向ける。

「まさか、このゴールデンウィーク期間にいい出会いがあったの⁉」

「え、嘘でしょ……」

クールな結奈も凛に続いて感嘆の声を漏らす。

「……え、えっと」

頬を薔薇色に染め上げて、視線を二人から逸らす沙羅。

誤魔化そうと思うものの、逃れられないことを悟ったのかやがておずおずと口を開いた。

「──実は私、運命的な出会いをしたんです」

どこか恥ずかしそうにしながらも、沙羅の告白が始まった。

──それは昨日の出来事でした。

お洋服を買いに外出したところ、私はたまたまモデル勧誘の人に捕まってしまいました。

ただ、最初こそモデル勧誘かと思ったのですが、かなり執拗に迫られたので嘘なんだろうと判断しました。

すぐさま逃げようと思ったんですけど、お相手のルックスが強面といいますか、かなり怖くて、その……足が震えてしまいまして逃げ出せなかったんです。

あたりを見回しても、人目につかないこともあってか助けようとしてくれる方は現れませんでした。

たまに数名の方とは目が合いましたが、誰もが見て見ぬフリをします。

周囲に期待した自分が情けなくなりました。それでも、あの時の私は怖くてそうすることしかできなかったので、助けて、と当てのない救いを求めてしまったんです。

一度、周囲の反応を見てしまっているので望みなんてありませんでした。

でも、そんな時でした。

颯爽（さっそう）と私を助けにその方は現れたんです。

薄暗い路地に立つその人は、あたりからどこか浮いて輝いて見えました。

その人は他人事（ひとごと）であるはずなのに、私のことを想って怒りを露（あらわ）にされたんです。

助けて、の心の中の呼びかけに応えるかのようにお相手を、怖いはずなのに。撃退するのなんて面倒で大変なことのはずなのに、その人は睨（にら）み一つで相手を撃退してくださったんです。

その後のフォローも優しくて、なのに私はきちんとしたお礼ができませんでした。

なのでそのことを悔やんでいます……。

「――それが、運命的な出会いです。もう一度お会いできれば、きちんと改めてお礼がしたいんですけどね」

それだけが心残り、と言わんばかりに沙羅は話を締めた。

そのとき、凜が我慢できなかったのか力強く沙羅に抱き着く。

見れば凜の瞳はうるうると潤んでいた。

「……凜さん、どうしたんですか？」

「沙羅ちん、怖かったよね。その場にいたら私が撃退してあげたのに。許さない、沙羅ちんを怖がらせたその相手」

「そうね、凜の言うこと……私も分かる」

沙羅に抱き着いている凜に呆れた視線を向けながらも、結奈は同意を示した。

しばらく沙羅に抱き着いたままの凜だったが、ようやく身体を離したところで目に光を宿らせて口を開く。

「それにしても、その助けてくれた男の人……すっごくカッコいいね。まるで少女漫画みたいじゃん……！」

一度は女子なら夢見ることだろう。

軽薄な男性から颯爽とヒーローのように駆けつけた男性が自分を助けてくれるというシチュエーションに。

凜はどこか羨ましそうに口を尖らせながらも、表情は嬉しそうであった。

「連絡先とか聞かなかったの？　そんなシチュめったにないことだし……運命の人じゃん！」

「……っ、凜さん。そういうのじゃないですから」

沙羅はどこか諦念の表情を浮かべる。

それから、拒絶めいた声音で言い切った。

「……私は家柄の事情で将来はお見合いが決まっていますからね」

柔和な笑みを浮かべて沙羅が言うと、凛は俯く。自分が失言したことに気づいたようだ。

実のところ、沙羅の家柄――姫川家は代々続く守旧的で厳格な家系だった。

今の時代には合わないお見合い婚が姫川家の娘には当然とされているのだ。

そのため、姫川に生まれた者は未来が決められており、またそれは誇るべきだという教育を受けている。

同級生の中では、沙羅の境遇を可哀そうと言う者も多いが、沙羅はその境遇を誇らしく思っていた。

もっとも、凛や結奈の恋バナについていけないので、そのときは一人、置いてかれた気がして寂しい気持ちになるのだが。

「……そっか、沙羅ちんは大人だね」

「そうだね」

凛に続いて結奈が小さく頷く。

そこで空気を読んだ凛と結奈は恋バナをするのは一旦止めることにした。

「ね、ね。そういえば最近オススメのコスメがあってさ～」

――と、凛が少し張り詰めた空気を弛緩させるべく、他の話題を提供し始める。

だが、凛が沙羅に気を遣って恋バナ以外の話題を振っても、周囲の生徒達には空気を読む術というものがなかった。

それだけ、沙羅の話が衝撃的だったからだろう。

(……姫川さんの話聞いたかよ……マジ運命の人じゃん)

(その男の人カッコいいなぁ……少女漫画みたい)

(そんなシチュエーション、リアルにあるんだ……)

ヒソヒソと囁く生徒達の声が教室内を埋め尽くす。

S級美女達の恋バナに思わず聞き耳を立てていた生徒達であったが、晴也も今日はそのうちの一人だった。

というのも沙羅の話す内容があまりにも身に覚えのあるものだったからだ。

普段であれば、クラスの事情に関心のない晴也は右耳から左耳へとS級美女達の話を流すのだが……。

(ん？　ちょっと待て。その話題……身に覚えがあるんだが。昨日のできごとで、ナンパから助けてもらった、か。俺も似たようなことがあったけど、彼女が語る人ほどカッコよくは振る舞えなかったな)

自分とは大違いだ、と晴也は感心する。

沙羅の語る男性の振る舞いは英雄そのものだが、昨日の晴也の振る舞いは大型の猛獣に震えるか弱い小動物を想起させるものだった。

ガクガクと足腰を震わせて、表情は引きつり、息を潜めることしかできないでいたのだ。

（聞けば聞くほど自分との違いを痛感するから、もう聞くのやめとこ……）

晴也は自分の情けない一面を痛感すると、内心で少女漫画のことを再度思案し始めた。


それからしばらく少女漫画の妄想に耽っていたところ。

朝のホームルーム開始まで残り十分を切ると、多くの生徒が自席へと座りだす。

そんななか、喋りたりないのか、はたまた喋り相手が欲しかったのか、不意に後ろの席の男子生徒からトントンと肩を叩かれた。

「なあなあ、赤崎聞いたかよ」

「………ん？」

重い身体を起こし振り返れば、声を弾ませ八重歯を覗かせる男子生徒がいた。

このクラスで存在感がまるでない自分の名前を憶えられていることに驚きながらも、晴也は申し訳ない気持ちでいっぱいとなる。

（……名前を憶えていてくれて有難いんだが、えっと誰だっけ）

戸惑った表情を浮かべると、悟ってくれたのか、相手のほうから口を開いてくれた。

「……ああ、俺は風宮佑樹。突然話しかけて悪かったな。ちょっとこの興奮を抑えられなくてよ」

顔を見ずとも声のトーンからして分かる。

風宮佑樹と名乗った男子生徒は、誰でもいいから話がしたくてたまらなそうな様子だった。

たまたま、前の席にいたのが晴也だったから話しかけたということに違いないだろう。

相手をするのが面倒くさい、と態度に出てしまったのだろうか。

一瞬、気まずい空気が二人の間に流れたが、沈黙を嫌ったのか風宮は「ところで」と晴也に話を振った。

「赤崎、聞いたか？　さっきの会話」

「……誰の会話のことだ？」

「S級美女達のだって」

「ああ〜クラスで今注目されているという……」

「なんでそんなに他人事なんだよ」

「実際、他人事だしな。興味もないし」

「ええ、嘘だろ……」

呆れたというより半ば引きながら風宮は瞳を細める。

男子なら誰もが美少女とお近づきになりたいと思うはずだ。

口先だけで「興味ない」と言い放っても、実際はそういう奴に限って興味津々だったりする。

だが、晴也の口調、それから抑揚のない声音を聞いて、本心から言っていると風宮は確信したのだろう。

あんぐりと口を開けることしかできないようである。

「……なんか、赤崎が空気薄くて一人でいる理由が分かった気がする」

風宮は呆れながら頭を抱えた。

あえて自分からそうなるように振る舞っているから、そうなるべくしてなった。

実際、その通りなのだが晴也は本心を悟らせないように話題を変えた。

「でも、聞いてたのは聞いてた。なんか運命的な出会いをしたって話だろ？」

「そうそう、あの姫川さんがロマンチックな出会いをしたって話。いやぁ〜お相手さんが羨ましい限りだよな」

くつくつとご機嫌よく語ってから、「でも」と風宮は咳払いする。

「姫川さんって厳しい家庭らしいからさ。こっからどう転んでいくのか俺は期待してんだよ」

「そうなのか」

確かにお見合い婚が云々という話を耳にしたが、別に自分とは無縁だろうから、と晴也は特に気にする素振りも見せず、適当に言葉を濁した。

だが……。

「ははっ、俺を含めて多くの男子が腰を抜かすほどのビッグニュースなのに、よくもまあ興味なさげにできるよな、赤崎は」

表情には出さないように努めていたものの、どうやら見抜かれてしまったらしい。

晴也がS級美女達の話題を聞いていたのも自分が経験したことと酷似した内容を話していたからであって、彼女達自身に興味があるわけではなかった。

「……でも、まあS級美女達のことくらいは最低限知っておいたほうがいいぞ」

「そういうものなのか？」

怪訝な顔つきになると、風宮は腕を組んでうんうんとその場で何度も頷いてみせた。

「そういうもんだ、じゃないと友達とかできないからな。まあ赤崎は枯れてて朴念仁なのかもしれないが、少しは興味を持ったほうがいい」

「……そこまで言うなら積極的にアプローチすればいいじゃないか」

至極真っ当な意見を晴也が言うと、風宮は苦笑いを浮かべて手をヒラヒラと振る。

「無理に決まってるだろ……恐れ多くて近づくのも難しいってのに」

それに、と風宮は続けた。

「姫川さん以外の高森さんも小日向さんも、気になってる男子はいるみたいだしな。まあ噂(うわさ)だから実際どうかは分からんけど……」

実際に、Ｓ級美女達の恋バナでは結奈と凛の二人は〝気になってる男子〟がいる、とクラスでは零(こぼ)しているらしい。もっとも、告白も絶えないだろう彼女達のことだから男除けとして適当にそう言ってるのではないか、とクラスでは憶測が飛び交っていて真相は定かではないが。

「まっ、そういうわけだ。とにかく何が言いたいかっていうと、クラスに関心を少しはもったほうがいいってこと」

「肝に銘じとく」

「おう、そうしとけ」

ちょっとお節介を焼いてきた風宮に、晴也は話を合わせると再び机に顔を突っ伏した。

（……そもそも、Ｓ級美女なんて名がつくほどの相手と俺が接点を持つことはないな）

そう内心で零して晴也はその場で思考を放棄した。

＊＊＊

その日の放課後。

滞りなく授業を終えた晴也は一人、帰路を辿って自宅に着いていた。

「ただいま……」

扉を開けて家に入ると、誰もいない自宅でそう呟く。

高校一年生の晴也は今年から一人暮らしをしているため、自宅には自分以外に住人はいないのだが、何となく挨拶するのが晴也の癖だった。

実家ではよくあった妹の適当な「おかえり～」の返事がないのは、少しだけ寂しい気持ちにさせられる。

晴也には一つ年下の妹がいる。生意気でウザったい妹だが、いないだけで少ししんみりしてしまうものなのだ。

それはさておき。

着替えを済ましてくつろぎながら、晴也は自分のSNSアカウントをチェックする。

すると新規の連絡が一件入っていたため、晴也はその人物と連絡を取り合った。

Nayu：私の薦めた少女漫画、Haru さん読んでくれた？

Haru：読んだよ、すごく面白かった
そう返信し終えると、晴也は少しだけ頰を綻ばせる。

学校では常に一人の晴也だが、ＳＮＳを通せば趣味を語り合える同志がいるのだ。

ふと、晴也は少女漫画好きの同志『Nayu』と出会うことになった経緯を思い返した。

＊＊＊

Nayuと晴也の出会いは、今から二か月ほど前にさかのぼる。

その頃、ちょうど高校受験を終えた晴也は受験勉強を乗り切ったご褒美ということで数少ない趣味の一つである少女漫画の読書に勤しんでいた。

長きに渡った受験勉強が終わった後の読書は最高の癒やし。

多くの人間にとって、溜まりに溜まった欲望というものは解放した途端に爆発するものだろう。それは晴也も例外ではなかった。

受験勉強が終わるまでは我慢、とこれまで積んできた少女漫画を消化してはＳＮＳで感想を投稿する。

そんなルーチンを晴也は送るようになったのだ。

ＳＮＳアカウントを使って感想を投稿する理由は、感想を語り合える仲間が欲しかったからに他ならない。

この頃から人付き合いがあまりなかった晴也は、面白いと思える少女漫画を読んでもそれを共有できる仲間がおらず、語り合うことができなかったのだ。

そのため、語り合えないもどかしさから晴也は感想を投稿するためのＳＮＳアカウントを作成した。

ユーザー名は本名『晴也』の一部から取って『Haru』と名付けることにして。

もっとも、感想の投稿に返信が来ることはそこまで期待はしておらず、内に抱えきれなくなった想いを爆発させるくらいの意図で晴也は感想を投稿していたのだが……。

転機は唐突に訪れるものなのだろう。

面白い少女漫画を読んでは、感想を投稿する。

晴也の感想欄が色づくことになったのは、そんなルーチンを送っていたある日のことだった。

『初リプ失礼します。あの少女漫画、面白いですよね。凄い分かります。題材はマイナーなんですけどまたそこがよくって、Haru さん……目の付けどころいいですね』

感想に対して共感してくれる同志が現れたのだ。

そのアカウント名は『Nayu』。

晴也は同志が現れた感激と歓喜からすぐさま返信すると、『Nayu』は他の自分の投稿に対しても共感を示す返信をしてくれるようになった。

やり取りを繰り返していくうちに、少女漫画の好きな展開やジャンルが一致していたことをお互いに知り、ＳＮＳを通じて Haru と Nayu の距離は縮まることとなる。

個人的なやり取りも少しずつするようになって、近所に住んでいることも発覚。

相まって今ではプライベートな話は程々にして、オススメの少女漫画をお互いに紹介してはたまに顔を合わせるオフ会をして感想を言い合う。

そんな関係性を築くまでに至ったのだ。

＊＊＊

Nayu：ねえ、聞いてる？ Haru さん

Nayu：もしもーし、既読ついてるのは分かってるんだから

Haru：……ごめん、考え事してた

Nayu から返信の催促が来ていたことに気づくと、晴也は慌てて返信する。

さすがにキミと出会うことになった経緯を思い返していたとは言えず、曖昧に言葉を濁すことしかできなかった。

画面上からではあるものの、ムッと彼女が頬を膨らませているだろうことが伝わってくる。

晴也は思わずその場で苦笑を浮かべ、「ところで」と誤魔化(ごまか)すように話を振った。
Haru：そういえばさ、今日すごいことがあったんだけど聞いてくれないか？
Nayu：なに、凄いことって……
Haru：実はさ、今日クラスで凄い話があって
Nayu：へぇ、どんな話？
Nayuが興味を示したのを確認してから晴也は早速、話を共有し始めた。
晴也が話すのはナンパから助けてもらったというクラスの女子生徒のことだ。
昨日、自分もナンパからほんの偶然で美少女を助けたといった、似たようなことを経験したため、クラスの女子の話は印象深く感じられたのだった。
もっとも、晴也はそれまでナンパなんてフィクションのものと思い込んでしまっていたわけであるから、それも強烈に憶えてしまっていることと関係していそうであるが。
晴也がその話をし終えると、彼女からすぐさま返信が届いた。
Nayu：ナンパ自体は結構あることなんだけどさ、これは驚いた……
Haru：ん？　なにが驚いたんだ？

Nayu：実は今日、私も友達からその類いの話を聞いたんだよね
Haru：へえ、そうなんだ
Nayu：うん、だから凄い偶然だなって
Haru：思ってる以上にナンパって身近にあるものなのかもなぁ
Nayu：そう、みたいね

――と、そこまでで一通り話に区切りがついたところで晴也は彼女の最後のメッセージにグッドマークをつけた。

これで話は終わったと携帯をしまおうとすると、すぐさま携帯に通知が届く。

差出人は当然であろうが、Nayuだった。

Nayu：ちょっと急に話終わらせないでよ
Haru：ごめん、まだ何かあった？
Nayu：……今日、何の趣旨での連絡だったと思う？

質問を質問で返されてしまう晴也。

彼女から呆(あき)れ顔(がお)を浮かべられているのが、自然と伝わってくる。

おそるおそるといった感じで晴也は申し訳なさそうに Nayu に返信した。

Haru：少女漫画の感想、だよな
Nayu：そう。だから、さ。ほらあれじゃん、あれ
Haru：あれ？
Nayu：そう、あれ

あれ、と言われても晴也はまるでピンときていなかった。
返信に時間を要していると痺れを切らしたのか、彼女からすぐに返信が届く。

Nayu：……オフ会だって、オフ会
Haru：ああ、オフ会ね
Nayu：そう、こっちから言わせないでよ。照れるからさ

顔を合わせるのが恥ずかしいのか、Nayu はそう返信した。
晴也は「ごめん」と一言謝りを入れてから、具体的なオフ会のスケジュールについて Nayu と話しあうことに。

Nayu：来週の土日とかはどう？　空いてる？
Haru：空いてるからいける
Nayu：そっか。なら来週にね。Haru さん、その間しっかり面白い少女漫画見つけといてよ？
Haru：了解

ふうと軽く息を吐きながら、晴也はソファに身を任せた。

それにしても、と晴也は先ほどの会話を振り返る。

（……Nayu さん、会うのが恥ずかしくてサングラス姿なのか）

Nayu とこれまで数回にわたってオフ会をしてきた晴也だが、その際に、彼女はいつもサングラスを着用して姿を現す。

そのため、今回のチャットで彼女のシャイな一面を知ると晴也は頬を綻ばせた。

（言ったら絶対怒られるけど、Nayu さん、可愛いところあるよな）

＊＊＊

その日の夜。

月が夜空に存在感を示すように煌めいている中、晴也は夕食を摂りに行きつけのとある店を訪れていた。

その店というのはこぢんまりとした喫茶店のことだ。

飲食物のメニューがたくさんあり、量も多く、値段はリーズナブル、と思春期男子の味方の穴場の店である。

多いときで週に三回、と晴也は高頻度でこの喫茶店を訪れている。

晴也はいわゆる常連客というやつだった。

立地が市街地の外れにあることも影響しているのか、平日も休日も店内は他の店舗と比べると落ち着きが見られる。

また洒落た店というよりは内装も外装もレトロな雰囲気を醸しだしており、老舗の雰囲気が漂っていることからも、利用客を選ぶのかもしれなかった。

晴也はこの店が提供するコーヒーが何よりも好きであった。

特別なコーヒー豆からコーヒーを抽出しているらしく、香りにも味にもコクがある。

晴也が店内に入ってまず感じたのは客足の少なさだ。

ピーク時をすぎていることもあってか、穏やかで落ち着いた静謐な雰囲気が店全体を覆っている。

窓際奥側の席に座ると、晴也はメニュー表を確認するまでもなく、店員を呼んだ。

「あの～すみません」

声をかけると、トトトと軽快な足音を立てて歳の近い、顔見知りの女性店員が近づいてきた。

「はい、少々お待ちくださいませ」

鈴を転がすような声が晴也の耳に届く。

――カツカツ、カツカツ。

軽快な足音が次第に大きくなっていくと、晴也は思わず音のするほうを振り向いた。

見慣れているはずなのに不思議と気持ちが高揚感に包まれるのは、きっと彼女の容姿が影響しているのだろう。

ふわっとしたフリル付きのモノトーンカラーといった、一見メイド服と錯覚する服装に大人びた雰囲気を漂わせるメガネの姿。

恐らく肩まで伸びているだろう髪は大人しく引っ詰めにされている。

小柄で華奢な体型に幼い顔立ちとそれらの要素が相まってか、色気というものは感じられない。

一見すると地味に見えるが、美少女と言って差し支えない容姿を彼女はしていた。

見れば女性店員の口角は半弧を描いており、柔和な笑みを浮かべている。

「お兄さん……どうもです」

「……どうも小日向さん」

軽く挨拶を互いに交わす。

それから咳払い(せきばら)いをして女性店員は「ご注文はどうされますか？」と、礼節良くもわざとらしく振る舞った。

今のやり取りから分かるように、晴也と女性店員は顔見知りの仲である。

「いつものでよろしいですか？」

「はい、カルボナーラのセットでドリンクはホットコーヒーでお願いします」

「かしこまりました。それでは少々お待ちくださいませ」

マニュアル通りの対応をして、ぺこり、と小さく頭を下げて身を翻した際のことだった。

彼女は「もう少しで休憩時間だから待っててください」と晴也に小さく耳打ちしてきたのだ。

思わずビクッと身体が震える晴也だったが、やがて軽く首を小さく縦に振ると店員は満足そうにその場を後にしていく。

そうして、十分ほど経つと料理が運ばれてきたため、「いただきます」との挨拶をしてから食事を堪能し始めると、休憩時間に入ったのだろう彼女が向かい側の席に座った。

「改めてお兄さん、どうもです」

「どうも、小日向さん」

「あたりをキョロキョロしてどうされたんですか？」

気まずそうな表情を浮かべる晴也を前に、女性店員——小日向はぱちと瞳を見開いた。

「当たり前のようにこっち座ってきてもいいのかなって。休憩時間中とはいってもさ」

「今は店内はガラガラですし、店長にも許可貰ってるからＯＫです。いつものことじゃないですか」

落ち着いた声音でジトっと目を細めてくる小日向。

今更どうしたんですか、と言わんばかりに彼女は小首を傾げた。

たしかに、小日向の言う通り休憩時間中に彼女と話すことは、いつものことではあるのだが、だからといって慣れるものではない。

苦笑を浮かべつつ、カルボナーラを頬張ると小日向は何とはなしに話を振ってきた。

「……お兄さん、恋バナとかってないですか？」

「……っ、急にどうしたよ」

唐突な彼女の発言に、思わずムセそうになった晴也。

「だって、お兄さん、なかなか……そのっ素性明かしてくださらないじゃないですか。お兄さんはさぞ学校でもイケイケでしょうから近況をお聞きしたいな、と思いまして」

晴也はプライベートとそれ以外で見せる自分はしっかり分けるようにしている。

こうしてお洒落をして外出している自分と、普段の学校での目立ちたくない自分は、明確に分けているのだ。

それに加えて。

(学校は色々とめんどくさいから目立ちたくない、だから空気やってます。とは言えないだろ……)

それにモテていると勝手に思われている分、言いづらさもあったのだ。

というわけで、晴也は小日向にも……それこそ、SNSを通じて知り合ったNayuにも学校での自分の話はしないようにしていた。

「近況って、言われてもな。……あっ」

そんな恋バナなんて、と思っているとふと晴也は思い出した。

そういえばクラスの女子生徒がナンパされて助けてもらった話をしていたことを。

「手ごたえありですね。良ければお聞かせください」

「そういえば、一個だけあって……」

と、晴也はクラスの女子生徒がナンパされているところを助けてもらったらしいと小日向に伝えた。

すると、小日向は興味深そうに小さく頷く。

「――なるほど。可愛い女の子はナンパに遭うものですよね」

自分にも心当たりがあるのか、小さくその場で彼女は苦虫を噛んだような表情を浮かべた。

「実は私の友達もナンパに遭ったらしくて今日、学校で話を聞いたんですよ」

「そ、そうなのか……」

晴也は目を見開いて、一瞬固まった。

というのも、Nayu に続いて彼女も「友達がナンパに遭った話を聞いた」といった同じ話をしだしたからだ。

「どうしたんですか？　そんなに驚いた様子で」

「いや、ナンパって現実にあるイメージ、俺にはなかったからさ」

少女漫画を初めとした恋愛系の創作物ならナンパなんてのはよくある展開の一例だが、実際に晴也がこの目でナンパを目撃したのは昨日が初めてのこと。

そのため、ナンパが日常の一コマにすぎないというのが晴也には衝撃だったようである。

晴也の目を見据えながら、彼女は控えめに口を窄めた。

「……申し上げづらいですけど、お兄さん。私はお兄さんに関係してる恋バナが聞きたいんです」

どうやら晴也のこの話では満足がいかないらしい。

晴也は「えっ」と露骨に嫌そうな表情を彼女に向けたが、彼女は円(つぶ)らな瞳を晴也に向けたままで、晴也から視線を外してくれる様子はない。

桔梗(ききょう)を彷彿(ほうふつ)とさせる紫の瞳が晴也を逃がさないと訴えているようだった。

(この話はあまりしたくはなかったんだけど……仕方ないな)

晴也は肩をすくめて、自分がナンパされている女の子を助けたことを今度は話してみることにした。

ただ、ありのままに伝えてしまうとあまりにもカッコがつかないため、ナンパから助けた事実だけをうまいこと伝えることにする晴也。

「──お兄さん、それすっごくいいです！」

晴也が話を伝え終わると、彼女は満足したのか身体を前傾させ口元を緩めた。

心なしか彼女の瞳には光が宿っているような気がした。

「なかなか、ナンパから助けるなんて勇気が要りますし、実際に助けにいける人って少ないんですよ。でも、そう！　そういうのが聞きたかったんです。その助けた人にまた会えるといいですね……！」

興奮を隠しきれずに、それでいて落ち着いた様子で彼女は何度も頷(うなず)いた。

「ま、まあな。でも……もう会うのは無理だと思うぞ」

（……それになんといったって会ったところで恥ずかしいだけだから会いたくはないな）

晴也は苦笑を浮かべながら、小日向から顔を逸らした。

「そんなことないです！　お兄さんにその人は感謝の言葉を伝えたいはずですし」

それこそ、尚更ないと思う晴也だったが……この時の晴也は分かっていなかった。

今週末にその彼女と再会することになり、感謝されてしまうことに。

＊＊＊

夜も更け、時刻はすでに二十二時を回っている。

就寝の準備を終えた姫川沙羅はなかなか寝付くことができずに、ベッドの中でそわそわと右往左往していた。

目を開けて常夜灯の明かりをしばしの間、沙羅は見つめる。

沙羅にはちょっとした秘密があった。

それは常夜灯がなければ寝ることができないというものである。

もっとも、常夜灯があるにもかかわらず今晩寝付けないのには他の理由があるからなのだが……。

（やっぱり、お礼ができてないことを引きずっちゃってますね……）

そう。沙羅の頭の中は、ただ一人の男性のことでいっぱいになっていた。

昨日、怖い人から助けてくれたあの人にはきちんとお礼が言いたかったな、と沙羅は頭を抱える。ずっと彼女を悩ませているのはそのこと。

ナンパされた際、助けてくれた男性にきちんとお礼ができなかったことを沙羅は悔やんでしまっていた。

何とも律儀な性格をしている沙羅だが、ナンパから助けてくれた男性に礼儀正しく振舞えなかったのも無理はない。

それまで厳めしい男性に執拗に迫られていたことで、内心ビクビクと恐怖の感情で覆われていたのだから。

（それにあの男の人……カッコよかったですね）

もちろん、立ち居振る舞いもそうだが……顔立ちも正直言えば沙羅好みだった。

それこそ、本当に白馬の王子様であるかのように錯覚するくらいで――――。

「あ〜、私なに考えてるんでしょう……」

身体全体が熱を帯びているのを自覚する。

沙羅は熱くなった顔を枕に埋めて足をバタバタとベッドの上でさせた。

（一度、不測の事態から助けていただいたからといって、そのお相手のことを好きになる

ほど私はちょろくないです）

姫川家の娘ですから、と強く自分に言い聞かせる。

彼のことを気にかけてしまっているのは、きちんとお礼ができなかったからにすぎないのだ。

ふうと軽く息を吐いて、沙羅は気持ちを落ち着かせるためにも携帯のチャットアプリを起動させた。

画面を見やれば、すでに何件もの通知が届いている。

それは全て一つのグループチャットからの通知だった。

沙羅、結奈、凜の三人で構成されるグループ——通称Ｓ級美女達専用のチャットからのものだ。

メッセージ内容を確認すると、沙羅は大きく瞳を見開いた。

「……えっ」

目を疑い、思わず困惑の声を漏らす沙羅。

自分の色恋の話はあまりしない凜と結奈が話し合っていることに対し……動揺してしまうのは仕方のないことだろう。

沙羅が見入っている画面ではこんなやり取りがされていたのだ。

『あのね……二人とも聞いて聞いて！　バイト先にさ、常連さんがいてね。その人いいなって前から思ってたんだけど、私の見立て通り、気になるその人の株が上がることがあったんだ～』

『へえ～、凛。具体的にはどんなことがあったの？』

『沙羅ちんの件と同じにはなるんだけど、ナンパから可愛い女の子を助けたんだって』

『……えっ、ナンパ？』

『どうして驚くの？　結奈りん』

『いや、実は私も気になる人がさ、ナンパの話を今日たまたましてきたから』

『へえ～結奈りんも！　すっごい偶然だね』

画面の向こう側で二人が明るく楽しそうにやり取りをしているのが窺える。

何だか自分だけがぽかんと一人浮いてしまっている気がして沙羅はきゅっと胸が締め付けられた。

自分の既読が付いたのを確認されたからか、凛が沙羅に向けて返信をした。

『沙羅ちんもその人にまた会えたとき、ホントお礼が言えたらいいね……！』

『そうだね』

凛に続いてすぐさま結奈の返信も届く。

沙羅は『ありがとうございます』と言ってから携帯をしまい今日はもう寝ることを決めた。

（……あの男の方にまたお会いできればいいんですけど）

そのことについては半ば諦めている沙羅ではあったが、彼女もまた知らなかった。

今週末、その男の人に再会することになることを。

＊＊＊

さて、それからしばらく。

時の流れというのは早いもので、迎えた週末。

晴也の姿は大型商業施設に併設されているアパレルショップにあった。

お洒落な恰好になった晴也は服の買い足しをしにこの場所を訪れたのだ。

（……今日は服のセール日だからな。広告で知ったけど思ったよりは客の人数が少なくて助かった）

一人暮らしともなると、親の支援があるとはいっても節約が望まれる。

そのため、晴也にとってこのセールの日を利用しない手はなかった。

セール対象の商品を見て回っては気に入った服を何着か手に取る。

財布と相談しながら買える服を厳選し、会計に向かおうとしたその時だった。

晴也の横を通りすぎた女性が、たくさんの洋服を抱えていたためか、よろめいていたのである。

足元がおぼついておらず、いつ転んでもおかしくない様子だった。

危なっかしいな、と思ったため視線を外せないでいると、その女性は案の定転倒しそうになる。

晴也は急いで彼女のもとへと駆け寄り――。

「大丈夫ですか？」

華奢な肩に手をやって、晴也はその女性を支える。

目の前で転びそうになっていたから放っておけなかった、というだけで、特に他意はなかった。

見たところ、後ろ姿からだけでもその女性が可愛らしいというのは伝わってくる。

白いブラウスとその上に羽織った黒のベストは調和がとれており、胸が大きく強調されているからかボタンには歪みが生じていた。

「……あっ、ありがとうございます」

その女性はどこか震えた声音でそう言って晴也の顔を覗き込む。

「……えっ」

数瞬。

晴也は思わず目を疑った。

それはどうやら相手も同じだったらしい。瞬(まばた)きを何度かしては固まってしまっている。

(この女の人ってたしか……いやまさかな)

晴也の脳裏をよぎるのは、ちょうど一週間前ナンパされていた女の子のことだ。

あの時とは服装が異なっているが、あどけなさが残る顔立ち、煌めく双眸(そうぼう)、艶のある髪は見間違いのしようもない。

晴也の眼前に佇(たたず)んでいるのは、間違いなくその時の彼女だった。

「あなたはあのときの……」

先に口を開いたのは彼女のほうだった。

晴也は内心、「いやどんな偶然だよ」と突っ込みを入れたが、相手が偶然だと受け取ってくれるかは別問題だろう。

あまりにできすぎた展開にストーカーを疑われるのは嫌だな、と変に勘ぐってしまい晴也はその場から離れようとした。

(……よし、見なかったことにしよう)

苦笑いを浮かべながら、背中を向けて立ち去ろうとする。

だが、晴也は服の裾を彼女に引っ張られてしまった。

「ま、待ってください。前回の分も合わせてお礼を……お礼をさせてください」

「えーと、人違いです」

柔和な笑みを浮かべて言うと彼女は一瞬戸惑ったが、すぐさま真剣な面持ちになって続ける。

「……お礼をさせてください」

（……まさかのスルー⁉）

とは思ったものの、晴也はふうと軽く息を吐いてから観念することにした。

「お礼だなんて、いや……俺は大したことしてないので」

前回のナンパの件もそうだが、晴也は特にこれといったことはしていない。

今回の件だってあくまで彼女が転びそうになっていたところを支えたにすぎなかった。

実際、彼女は支えられずとも自力で踏ん張れた可能性だってあるため、晴也の早とちりだったかもしれないのだ。

だが、眼前に佇む美少女は不安そうに揺らめく瞳を晴也から離してくれる気配はない。

そこで「なるほど」と晴也は合点がいった。

（……恩に着せられるのが不安なのか）

もっとも、恩に着せるほどのことはできていないわけであるが……。

しかし、彼女はこれだけの美少女なのだ。

実際、あわよくば、と不純な考えから関わりを持ちたがる輩（やから）がいたとしても何ら不思議ではない。

そのため、これは彼女なりのけじめのつけ方なのだろう。

「……駄目ですか？」

瞳を潤ませた有無を言わさぬ圧力の効果もあってか、晴也は根負けしてしまう。

「わ、分かりました……」

「ありがとうございます！」

頷くと沙羅は顔をぱあっと輝かせて、魅力的な笑みを浮かべた。

「では、ひとまずお互いにお洋服を買ってから参りましょうか」

「あんまり気を遣わなくても大丈夫ですからね」

かくして晴也は、服を購入したのち、束の間のことであろうが美少女と時間を共有することになった。

＊＊＊

彼女の頼みを断っておけばよかったと後悔することになったのは、近くのファミレスに寄ってからのことだった。

（気まずい……そして、胃が痛い）

彼女と晴也がやってきたのは、大手のファミレスチェーン店、ココミ。

リーズナブルな値段で提供される料理の品数が多い、全世代から親しまれている人気の飲食店である。

それはさておき。

晴也の眼前にはドリア、ピザ、ポテト、サラダが並べられており、気まずい空気と奇妙な緊張感が周囲を支配していた。

傍から見れば、晴也と彼女は初々しいカップルにでも見えていることだろう。

「あ、あの……改めて先週といい今日といい本当にありがとうございました！」

気まずい沈黙を破ったのは彼女のほうからだった。

背筋をピンと伸ばし、どこか強張（こわば）った表情で彼女は恭しく頭を下げてくる。

姿勢や声音からして彼女が緊張しているのがひしひしと感じられる。

（そっちに緊張されると……こっちも余計に緊張してしまうから勘弁してほしいなぁ）

気恥ずかしさからか、晴也は毛先を指でいじりだした。

赤くなってしまっている顔を見られるのが恥ずかしかったのだ。

「いえいえ、どういたしまして？」

本音を言えば、大したことはしていない、という気持ちに変わりはない。

だが、それを言っても恐らく彼女は再び「そんなことありません」と否定してくるだろう。

つまり、話は平行線のままとなってしまう。

そのため晴也は彼女の感謝を素直に受け取ることにしたのだ。

ところが、感謝され慣れていないからか、どうにも歯切れが悪くなってしまう。

そんな晴也を見て彼女はくすっと微笑んだ。

「ふふっ……疑問形になってるじゃないですか。ですが、ちゃんと感謝されてくださいね。そのっ、今日はお礼としていくらでも食べてもらって大丈夫ですので」

「いや、もうこれで十分すぎますから」

先ほど、ドリアの一品だけで済まそうとしたら『遠慮しないでください』と言われてしまい……結果としてピザ、ポテトの二品も晴也は頼むことになったのだ。

ちなみにサラダは晴也の健康を気遣ってか、彼女のお節介で注文されたものである。

彼女の頼んだメニューは海老とアボカドのジェノベーゼパスタ。

いかにも女性に人気がありそうな商品だな、と晴也は少しばかり苦笑を浮かべた。

「むっ、そうですか。それならいいんですけど」

彼女はどこか不満そうであったが、晴也の苦笑を見て納得してくれたのか少しだけ表情が柔らかくなる。

食事の挨拶を済ませてから料理を口に運ぼうとすると、視線がジーっと注がれていることに晴也は気づいた。

恐らく正対している彼女は並べられている料理を晴也が口に運ぶのを待っているのだろう。

じっと見つめてくる彼女の期待を裏切るわけにもいかず、晴也はまずドリアから口をつけることにした。

「……美味しい」

「そうですか、良かったです」

ドリアの味わいはクリーミーでほどよく舌に馴染んできた。

定番のメニューにやはりハズレはない。

ただ、こちらを見つめ続けてくる彼女につい緊張してしまう晴也。

（美少女に見られながら、ご飯を食べなきゃいけないって拷問に近いな……）

晴也自身、女性への耐性があるわけでもない。

加えて向かい側に座っている彼女はかなりの美少女で身体つきも相当なものだ。

そのため、美貌と豊満な体軀を持つ彼女に見続けられるのは緊張してしまうものなのである。

「……え、えっと自分が言うのもなんですけど遠慮せず食べてもらっていいですよ。その……料理も冷めちゃいますし」

内心を口にするわけにはいかないが『というか食べてください！　気まずいので』とい

うのが晴也の本音である……。

「そうですね、では私もいただきます」

まるでこちらがそれを言い出すのを待っていたかのようなニュアンスを感じて、晴也は少し違和感を覚えた。

だが、その違和感も彼女がパスタを食べると途端に瓦解する。

味を堪能しているのか、沙羅の表情は明るくなり頰(ほお)は緩んでいたのだ。

そんな彼女に思わず見入ってしまった晴也だったが、首をふるふると横に振ると再び料理を口に運んだ。

食後、そろそろ会計に向かおうかと考えていた矢先――。

彼女が限定スイーツの張り出しメニューに時折チラッと何度か目を向けているのに晴也は気づいた。

レモンのシフォンケーキの宣伝。

期間限定の商品だからか、各席にその張り出しメニューが目につくように張られていたのだ。

彼女の仕草を見るに注文したいのだろうか。

おそらくそうに違いないが、晴也の様子を窺うような遠慮がちな視線を彼女は向けてくる。

（……頼みたいなら遠慮せずに頼めばいいんだけどな）

とは思ったものの、彼女なりに気を遣ってくれているのだろう。

正直なところ、もうお腹はいっぱいであったが、晴也は気を利かすことにしたようだ。

「……すみません。ちょっとその限定商品、最後に頼みたいんですけどいいですかね」

「え……」

不意を突かれたからか、ぱちと大きな瞳が見開かれる。

……かと思えば一瞬で瞳は元通りになった。

「大丈夫ですよ……で、でしたら私も頼みますね」

ほんのりと口角を上げて彼女は返答する。

そして二人は期間限定のスイーツ、レモンのシフォンケーキを注文した。

しばらく待ってでてきたのは白いソースにミントが添えられている、一見すると高級感溢れるシフォンケーキだ。

晴也にとってファミレスでデザートを頼んだのは今回が初めてだが……本格的でクオリティが高いな、と感心する。

それは彼女も同じなのか表情にはあまり出ていないものの、瞳が心なしか輝いているような気がした。

早速ということで、二人はレモンのシフォンケーキを口に運ぶ。

レモンの爽やかな風味と生地の甘さが口の中で広がってたまらない味わいだった。

思わず舌鼓を打って彼女のほうを見やれば頬をとろけさせており、魅力的な表情を浮かべている。

彼女に好意を寄せているわけではないが、美少女の笑顔というのは見ていて飽きない。目の保養になるのだ。

……が、晴也と目が合うとその笑顔は少しだけ曇った。

そのため、晴也は残念な気持ちになってしまった。

「えっと、どうされました？」

こちらの視線に気づいた彼女が、こてんと首を傾げる。

「い、いやケーキ美味しいなと思いまして」

笑顔を見ていました、とはさすがに言えず、適当なことを言って晴也は誤魔化す。

一瞬、慌てた晴也を彼女は不思議に思ったのか眉を顰めたが、何か失念していたことに気づいたのか、彼女ははっと息を飲んだ。

「あっ、あの……ありがとうございました。気を遣っていただいて」

「…………」

押し黙る晴也を無視して彼女は律儀に続ける。

「私がこのシフォンケーキを頼みやすいように、シフォンケーキ欲しいってわざわざおっしゃってくれたんですよね……」

「な、なんのことだか」

「ありがとうございます……！」

しらを切ろうとした晴也だったが、どうやら全てお見通しだったらしい。

（……こういう気遣いって相手に気づかれないようにしないといけないのに、気づかれてしまう俺ってやっぱりまだまだだよなぁ）

彼女の妙に熱っぽい視線から逃げるように晴也は顔を逸らした。

気恥ずかしさを払拭するために「ところで」と晴也は話を変える。

「このケーキ凄く美味しいですね」

「ですね。私も期待以上でびっくりしてます。スイーツって外れも多いんですけどこれは当たりです」

「へえ、意外ですね」

「意外……ですか？」

言っている意味が分からない、と彼女は尋ねてくる。

「その……失礼かもですけど、好き嫌いとかなさそうな感じでしたので」

晴也の目から見て彼女は育ちが良さそうに見える。

だから、というわけではないが、晴也が嫌いな食べ物があることに対して意外に思ったようだった。

すると、彼女はくすくすと可笑しそうに口元に手をやって笑った。

「ふふっ……好き嫌いがなさそうってどういうことですか」

まるでそんな人いるんですか、と言いたげな様子である。

「パンナコッタや杏仁豆腐ですとお店によっては当たり外れが多いんですよ？　それに私レバーとかコーヒーといった苦いものは苦手なんです」

やや勢いをつけて彼女は言った。

見れば目尻は少し下がっていて自然な表情だ。

どことなく緊張が薄れてきた気がして晴也は思わず頬を緩めてしまう。

「ど、どうされたんですか？」

「いえ、好き嫌いの話になった途端に勢いづかれたので微笑ましくなってしまって」

「あっ、えっと……す、すみません」

指摘されて恥ずかしさを覚えたのか、彼女は俯いてチラチラと様子を窺うように上目遣いをしてきた。

「いえ、謝ることじゃないです。しっかりと自分の意見を言えるのって大事なことだと思いますから」

「……っ」

思いがけない言葉だったのか、彼女は瞳に動揺の色を示す。

「……そうですよね」

どこか自嘲じみた感じで誰に言うわけでなくポツリと零した。

それから、顔を俯かせる。

まるで自分にはその資格がない、と言わんばかりに。

そんな彼女を認めると……晴也は思わず冷や汗をかいた。

（……おいおい、これ地雷踏んだ感じじゃないか？　いや気まずいんだけど……何やってんだ、俺）

彼女の触れてはいけない部分に触れてしまった気がして、晴也は申し訳ない気持ちでいっぱいになる。

晴也は彼女の地雷を踏んだことに対する詫びの気持ちと同時に気まずさと責任を感じたことで、彼女の荷物を持ってあげたり、意識的に車道側に自分が立ったり……と、その日は結局解散するまで彼女のご機嫌取りをしたのだった。

『あっ、荷物持ちますね』

『あの良かったら途中まで送ります』

そんなゴマをすっている自分の振る舞いを思い返すと晴也はぞっと身震いする。

（ホント、なにやってんだ？　俺は。気持ち悪いって絶対思われただろ。はぁ、もう泣きたい）

＊＊＊

翌日、朝のホームルームまでの自由時間。

クラスのS級美女達は三人が集結すると、早速恋バナに花を咲かせて盛り上がりを見せていた。

いつものように、生徒達の中には聞き耳を立ててヒソヒソと小声で話している者も見られる。

それは、無理もないことだった。

それほどまでにS級美女の一人、姫川沙羅の話す内容というのはロマンチックなものだったのだから……。

沙羅が他のS級美女——結奈と凛に共有した内容というのは『先週ナンパから助けてもらってお礼を言えなかった人に再会して食事を共にした』というものだった。

「沙羅ちん……それ、本当に運命の出会いって感じじゃん！　凄いね」

「ホントに凄いと思う」

先週、ナンパから助けてくれた相手にお礼が言えずじまいだったと残念がっていた沙羅に『また会えたらいいね』、とのエールを送っていた結奈と凛だったが、まさかすぐに再会することになろうとは思いもよらず驚く他なかったのだ。

「……私も本当にびっくりしたんですけど、お礼が言えてよかったです！」

「良かったね、沙羅ちん」

「……沙羅、お礼言えたみたいで本当に良かった」

凛と結奈からの返事に沙羅は嬉しそうに頷いた。

「それにしても、相手の方ってそんなにいい人だったんだ〜、気を遣える人なうえに親しみやすい空気も作ってくれて、紳士だったなんてさ」

「たしかに。……でも沙羅も食事に誘うとか大胆なことしたよね。まあその相手、聞けば聞くほど会ってみたい気はするけど」

「ねー！　私と結奈りんがそれぞれ気になってる人とどっちがいいのか、私、すっごく気になる」

と、凛と結奈の二人は沙羅の話した内容について深堀りをし始めた。

すると、沙羅は照れくさいのかほんのりと顔を赤らめる。

そんな沙羅を見て凛はジトっと瞳を細めた。

「また、会えたらいいね、沙羅ちん。その好きになった相手にさ」

「……っ、す、好きとか……そ、そういうのではないですから」

沙羅はすかさず凛に突っ込んで口をきゅっと窄（すぼ）めるが、顔は真っ赤に染まってしまっている。

凛の発言で沙羅は相手を意識してしまったのだろう。

本人は無意識であろうが、今の沙羅は傍から見れば特別な感情を持っている相手がいるとしか思えない反応を取ってしまっていた。

もうこの話はやめにしてほしいというのが沙羅の本音であろうが、思った以上に可愛い反応で、揶揄（からか）い足りないのか凛はニンマリと邪悪な笑みを浮かべる。

「今の沙羅ちん、超かわいいー。私もそこまで想える相手ができたらさっ、ダブルデートとかしようね。あっ、結奈りんも含めるとトリプルデートか」

「……で、ですからそういうのじゃないです」

「じゃあ何とも思ってないってこと？」

「……そ、それは」

と、そこで沙羅は唇を尖（とが）らせてから俯（うつむ）く。

「……魅力的な人だとは思いますけど」

あまりにか細い声。

赤く染まってしまっている顔を見られたくないのか、視線を合わせない沙羅だったが、耳まで真っ赤なため隠しきれていなかった。

そんな沙羅を見てますます凜は揶揄いたくて仕方がない様子だったが、二人のやり取りをそれまで静観していた結奈が口を開く。

「……凜、沙羅が困ってるからこれ以上はストップ」

凜は不満げに「え〜」とわざとらしく肩をすくめたが、すぐに切り替えて明るい表情になった。

「まっ、その通りだね。ごめん沙羅ちん」

「いえ、分かってくださったのならいいんですが……」

「ただ、これだけは良かったら聞かせて？　その人と連絡先は交換できたの？」

「……え、えっと」

凜の発言を受け困惑の表情を浮かべる沙羅だったが、片腕にぎゅっと力を込めて瞳を揺らす姿から凜は察してしまった。

沙羅が連絡先を交換できていないであろう事実に。

「まあ、交換できてなくてもきっとまた会えるだろうからさ〜。その時にはちゃんと連絡先交換するんだよ？　沙羅ちん」

「……………で、ですから」

好きなのか、あるいは嫌いなのか。

どちらかを選べと言われれば好きを選ぶだろうが、だからと言って異性として好きとは言い切れないだろう。

そう沙羅は言いたいのだろうが、それを遮って結奈が続けた。

「――私からは一つだけ。人を好きになるってなかなかないことだからさ……沙羅、後悔はないようにね」

「うん、沙羅ちん。私も応援してるから」

きっと凜と結奈のこの発言というのは沙羅の背後にあるお見合いのことを意識して発言しているのだろう。

二人の言葉に対して沙羅は、きゅっと口を結んで――。

「そ、そういうのじゃないですよ……ホントに」

と、控えめにそっぽを向いて否定することしかできなかった。


さて、そんなS級美女達の話に一部のクラスメイト達は聞き入っていたわけであるが、今回の晴也も例外ではなかった。

今日も彼女の話を自席で寝たフリをしながら聞き入ってしまったわけだ。

だが、今回に関しても仕方のないことだろう。

先週に続いて自分の席近くで、またもや自分と同じ体験をしたかのような話が聞こえてきてしまったのだから、聞き流そうにも聞き流すことができなかったのだ。

(ナンパから助けてもらった相手に再会とかホント運命みたいだよな)

それに、と内心で晴也は付け加える。

(その後、食事をして解散した……か。聞けば聞くほど俺の体験談に近い……)

先週のことといい、今週のことといい……。

そこで、ふと晴也はこの相手というのは自分のことを指しているのではないかと疑った。

……が、自惚れすぎだろと晴也はその可能性を一蹴する。

いくら自分の体験談と似たような話をしていたとしても、彼女が話す人物像と自分はあまりにもかけ離れていたのだ。

(俺は相手の地雷踏み抜くし、その後に露骨なご機嫌取りをしたりしたしな……)

昨日の自分の行動を思い返せば、晴也は反吐が出る想いだった。

思い返すのはもうやめよう。

自分が情けなくなってくる、と晴也は自分の不甲斐なさを呪う。

沙羅の話す内容によれば、親しみやすい空気を相手が作ってくれたそうだ。

この時点でまず自分の可能性は否定されてしまう。

晴也は沙羅の話に聞き入るにつれて、自分がいかに情けない男なのかを痛感させられた。

(……待て待て。俺ってダサすぎないか？　彼女が話すカッコいい相手とは正反対すぎる

んだが）

状況は同じくらい似ていても人物がここまで違ってくるともはや笑い話だ。

晴也は劣等感を抱いて思わず落胆する。

（もう、考えるのは止めだ止め。自己肯定感が下がるだけだからな）

なんて、無理やり自分に言い聞かせることしかできない晴也だったが、この時はまだ姫川沙羅が言うカッコいい男子が自分のことだと気づけなかった。

＊＊＊

そして、放課後。

退屈な学校生活を今日も一日終えると、部活動に励みに行く者、居残りでこの後も勉強に精を出す者、真っ先に帰路に就く者など、色んなタイプの生徒達が散見される。

晴也はこの中では授業を終えると真っ先に帰路に就く者に該当するのだが、今日は違っており、足先は昇降口ではなく屋上へと向かっていた。

茜色（あかねいろ）の夕陽（ゆうひ）が今日は一際綺麗（きれい）だったため、屋上から見える景色を堪能しようと晴也は考えたのだ。

原則、屋上は立ち入りが禁止されており扉は施錠されているが、学校側が点検を怠っていたせいか、鍵が壊れており今は出入りが自由となっている。

もちろん、だからといって立ち入っていいというわけでは決してないのだが……。

校内を散策していた際に屋上の鍵が壊れているのをたまたま発見したのをいいことに、晴也は夕日が綺麗で眺めたいときには屋上にこうして一人、立ち寄るのだ。

さて、というわけで屋上。

錆びついた扉を開けると、まず暖かな風を晴也は全身に浴びた。

遠くの景色を堪能すべく柵の付近まで近寄ると、綺麗な夕陽を見やすくするために晴也はメガネを外し、それから目元まで伸び切った髪をかきあげた。

海。

晴也の視線の先にはどこまでも綺麗な海があった。夕陽が反射し煌めきを見せるキャンパス全体に晴也は目を奪われる。

新鮮な空気を吸いながら晴也はその絶景を堪能し始めたのだが……。

そんな一人の時間に終止符が打たれたのは晴也が景色に見入ってから数分足らずのことだった。

「……き、綺麗です」

不意に背後からどこか聞き覚えのある声が聞こえてきたのだ。

思わず振り返って後ろを確認すると……晴也は言葉を失った。

瞬きを何度か繰り返すものの、どうやら見間違いではないらしい。

すらりと伸びた両足に肉感のある身体つき、それから艶のある髪。

まだどこかあどけなさが残っており、それでいて、気品のある顔立ち。

最初こそ幻かと晴也は我が目を疑った。

そこにいたのは晴也が先週末、それから昨日出会った美少女だったのだから……。

向こうもあまりのことに固まっている様子だ。お互いの間に数秒間の沈黙が訪れたが、先にその沈黙を破ったのは彼女のほうだった。

「……驚きました」

クリッとした大きな瞳を何度か見開いて彼女は続けた。

「同じ高校だったんですね……」

そこに驚くほかなかったのは晴也も同じであった。

だが、それ以上に晴也が困惑を隠せない理由がある。

同じ高校とまで絞られれば晴也はこの結論に至る他ないのだ。

(まさか、同級生だったなんてな……は、はは)

クラスで自分と似た出来事を話していた女子生徒のことを晴也は思い返す。

ナンパにそれから再会……そして声も似ているときた。

ここまで情報が出そろえば確信へと至るものなのだろう。

（……いや嘘だろ、おい）

自分の鈍感ぶり、気づかなさにももちろん驚いたが、興味ないことや関心ないことにはとことん無頓着なため、そこは仕方がないと割り切る。

だが、それ以上に晴也は突っ込みたくて仕方がなかった。

（……俺、そんなにカッコいい人じゃないだろ⁉　ナンパからカッコよく助けてないし、親しみにくい空気を作ってしまいましたけど⁉）

一体全体、なにがどうなってるんだ。

と、晴也は苦笑を浮かべる。

どうやら晴也と彼女との間で認識の齟齬が起きていたらしい。

少なくとも彼女がクラスで言うほどのカッコいい人物だとは、自分のことを評価することは到底できなかった。

今すぐどういうことなのか、問いただしくなったがそれはできない。

その行為は彼女に自分が同級生だと告白するようなものだからだ。

ただでさえ、確か彼女はクラスの中でもS級美女？　と呼ばれていてクラスでも目立つほうだったはず。

自分から『実はその相手…同級生でしたてへっ♡』、なんてカミングアウトすれば面倒なことになるのは違いない。

想像しただけで、ぞっと身震いした。

ここで、今、晴也が注意すべき事項はこの二つだ。

『なんとしてでも正体に気づかれないようにしないといけない』

『過大評価がすぎる自分の評価を下げていかなければならない』

この二つが現状、晴也がしなければならないことである。

前者は、当然のことだがクラスでこのことが広まれば目立つに決まってしまうため、なんとしてでも正体がバレてはいけない。

後者については、脚色……いやもはや捏造といっていいほど美化された晴也に対する彼女の評価を落としていくことで、彼女の自分に対する関心をなくさなくてはいけない。

そうしないと、脚色された晴也の人物像が誤解だったと彼女は悟ってくれないだろう。

自分は思っているほどカッコよくない、と真相を彼女に知ってもらわなければ気が休まりそうになかった。

「――あ、あのっ、驚かれるのは分かるんですがそんなに放心なさらないでください」

と、思考を巡らせていたところで彼女から声をかけられたことに晴也は気づいた。

「えっ……ああ、すみません」

「い、いえっ……でも本当にびっくりですよね……」

興味深そうに見つめてくる瞳から目を逸らすと、『それにしても』と話題を変えてから彼女は話をふってきた。

「ここの夕陽って凄く綺麗ですね」

ただ、と前置きをして続ける彼女。

「ここは立ち入り禁止の場所のはず、ですよね？」

真面目な性格をしているのか、彼女はジトッと瞳を細めてきた。

「いや、鍵が壊れてたので……あ、あはは」

「だ、だからといって立ち入っていいってことではないですよね？」

（はい、その通りです。すんません）

内心で謝りつつも、正論であるため晴也は言葉に詰まる。

だが、晴也はこの場にいる彼女に対して『いや君が言うの？』とも思ってしまっていた。

表情に出てしまっていたのか、彼女はあわあわと弁明をし始める。

「私は……そ、そのっ今日は色々と落ち着かなかったので校内をぶらぶら歩いてまして。そこで屋上が開いているのを目撃した次第です」

「な、なるほど」

「しかし、屋上の鍵が壊れていたとなると報告が必要ですね」

彼女は顎に手をやって思案する。

報告、というのは学校側に、ということで間違いないだろう。

当然、彼女の行いは一生徒として正しいものだが、晴也からすれば見過ごせない理由があったのだ。

報告されてしまえばもう屋上に来れなくなってしまう。

つまり、それはもうこの綺麗な夕陽をこの場所で堪能できなくなってしまうことを意味していた。

それはまずい、と焦る晴也。

自分でも気づかぬうちに口が勝手に開いてしまっていた。

「……あ、あのっ、それだけは。俺にできる範囲でなら、何でもするので黙っておいてくれないですか……」

両手を合わせて晴也は懇願する。

この景色が見れなくなるのは惜しすぎる、との想いからでた言葉の綾である。

何でもする、との言葉に反応したのか、彼女はピクリと肩を揺らした。

それから少しの間、瞳を揺らしてどこか気恥ずかしそうに振る舞う。

やがて意を決したのかきゅっと口を結ぶと、彼女はおそるおそるといった感じで口を開いた。

「……で、でしたらっ。その、一つだけお願いがあるんですけどいいですか？」

庇護欲を掻き立てるような切ない表情で訴えかけてくる。

面倒ごとの匂いがして晴也はすぐさま断りたくなったが、背に腹は代えられない。

屋上の景色はなんとしてでも死守したかった。

「お願い、というのは？」

晴也の声にばつが悪そうにしながらも彼女はおずおずと口を開く。

「……そ、その連絡先を交換していただけないですか？」

「えっ……」

肩透かしな要求に思わず呆けた声を晴也は漏らした。

彼女の願いがそれくらいお安い御用だったからだ。

それに、捏造された自分の人物像を崩していく上でも、連絡先の交換というのは晴也にとってみても何かと都合が良かった。

「全然いいですよ」

「……っ、良かったです、ありがとうございます！」

晴也がそう言うと、彼女はほっと安堵の溜め息を零して、目尻を下げた。

携帯を取り出して早速、連絡先を交換するとの流れになって、晴也は何かに気づき、慌てて『ちょっと待ってください』とストップをかける。

慌てた理由は単純明快。

晴也のチャットアプリの User Name は『Akasaki Haruya』と本名であったためだ。

同じ高校だと判明してしまっている今、本名がバレてしまっては正体がバレてしまうことに繋がりかねないことだろう。

晴也は User Name を慌てて少女漫画に出てくる、とある主人公の名前『Asai Yuu』の名に変更した。

その時の晴也の慌てぶりに彼女は不思議そうに首を傾げていたものの、無事連絡先の交換は完了する。

「浅井悠さん、ですね」

「……っ、は、はい……」

偽名を使ってしまっていることに少し罪悪感を覚えていると、続く彼女の発言に晴也の頭は真っ白となった。

「クラスもお伺いできればしたいんですが……いいですか？」

「えっと、クラスは——」

そこで晴也は気づく。

（これ名前は誤魔化せてもクラスは誤魔化せないな……）

嫌な汗を晴也は額に滲ませた。

適当なことを言ったところで同じ学校ならば裏を取られてしまえば、真偽なんてすぐにわかってしまう。

そのため、晴也は再び思考を逡巡させた。

（……いや、俺の評価を下げるためにも適当なことを言うのは最適解かもしれない）

本来の晴也の目的は、そもそもが目立たないようにすることと自分は噂にするほどの男ではない、と彼女に知ってもらうことだ。

……そのため、晴也は彼女の問いかけに対して適当な返答をすることにした。

「1年Ｉ組です」

「Ｉ組ですか……って、ふふっ何言ってるんですか」

くすくすと笑ってから彼女は楽しそうに振る舞う。

私立栄華学園の一年生の組み分けはＡ～Ｈの八クラス。

そのためＩクラスなんてのはもちろん存在せず、だからこそ晴也は適当なことを言ったのだが……。

「あはは、そんな真顔でＩ組と言われるなんて……ユニークなお方なんですね」

柔和な笑みを浮かべる彼女だったが、きっとそれは愛想笑いだろう。そうに違いない。

「ごめんなさい……おっしゃらなくても大丈夫ですよ」

クラスを言いたくないなら言わなくてもいい、といったニュアンスで彼女は晴也の瞳を覗き込んだ。

「……はい、ちょっと事情があってすみません」

嘘をついてしまっている罪悪感から晴也は素直に頭を下げる。

それから、晴也が気まずさから後頭部をガリガリ掻いたところで、彼女は満足そうに微笑んだ。

「何ですか？　事情って……でも、そんなに謝らなくても大丈夫です。これからよろしくお願いしますね、浅井さん」

「ああ、よろしくお願いします……」

そうして互いに挨拶をすると、彼女——姫川沙羅は「あっ」と何かに気づいたようだ。

「私は一年生ですから、敬語は外してもらっていいですよ……」

と、上目遣いをしてくる沙羅だったが、晴也は顎に手をやって何が最善かを思案する。

(ここはどうするのが正解だろうか。敬語のままいくべきか、それともタメ語でいくべきか。俺ができた人じゃないって思わせるには近すぎる距離感にするのが一番いいだろうな、きっと)

そう思った晴也は、真顔で——。

「分かった、よろしく……さ、沙羅……」

馴れ馴れしすぎる距離感を演出しようとした。

が、下の名前で女子を呼ぶ経験がなかったため、何となくくすぐったくて不慣れ感がでてしまう。くそっ、俺のバカめ。

（でも、思った以上に恥ずかしいな、これ）

と、思いつつ沙羅のほうを見やると――彼女は円らな瞳を晴也に向けて胸の前で拳をぎゅっと握りこんでいた。

そして、晴也の視線に気づくと沙羅は、

「はい、よろしくお願いします。……浅井さん」

そう言って顔を俯かせた。どうやら効果は抜群だった様子だ。

（引いてる、引いてる……効果はあるみたいだな。でもいいぞ。そうだ、この調子で好感度を下げていけばいい。そして関心をなくせばクラスで話題に上がることはなくなるはずだ！）

内心で邪悪な笑みを浮かべる晴也だが、一方の沙羅はというと。

（私を名前で呼んでくださいました……名前で。それにクラスを教えてくださらないのも、きっと私に正体を暴かせるというゲームで、楽しませようとしてくださってるわけですよね……）

何ともユニークなお方だ、と思うのと同時に胸を無意識にとくんとくんと高鳴らせていた。こんなにも私のことを考えてくださっているのか、と。

だが、こうして……二人の間ですれ違いが起きてしまっているのを両者は知らない。

実は晴也が沙羅の好感度を下げようとしていることを。

だが、それは沙羅からすれば、好意的に解釈されているということを。

互いが互いに分かっていないのであった。

＊＊＊

その日の夜。

晴也と連絡先を交換してから、沙羅は携帯画面を見つめては自室のベッドで一人、悶絶していた。沙羅の視線の先には『Asai Yuu』の連絡先が映っている。

「あぁ……私、なんて大胆なことをしたんでしょう」

落ち着かないせいか、先ほどから顔を枕に押し付けては悶々としてしまっている沙羅。

それにしても、と沙羅は晴也と過ごした時間を振り返る。

（まさかあの方……浅井さんが同じ高校だとは思いもしませんでしたね……）

助けてもらった方に再会したら、その方が同じ高校の人だった……。

まだ凛と結奈にこのことは話せていないが、反応は容易に想像がつくというのものだ。

（……しょ、少女漫画みたいですよね）

数こそ読めているわけではないが、そんな風に沙羅は感じてしまう。

またきっと結奈と凛も同じことを感じるだろう。

誇張ではなく、〝運命〟と言われて信じてしまいそうだった。

そんな運命を感じてしまっているからだろう。こんなに柄にもなく熱くなってしまっているのは。

沙羅は晴也の個人チャットを開いてはメッセージを送るかどうかについて悩みだした。

「……ご挨拶くらいはしたほうがいいですよね」

メッセージを打ち込んでは消して、打ち込んでは消して……。

同じことを何度も繰り返しては「うぅ〜」と唸りだした。

「こういうときって、固い挨拶は好まれませんよね……かと言って簡素すぎるのも味気がないですし、スタンプとかでいいんでしょうか。いや、でも——」

結論が見いだせない沙羅は「はあ」と深めの溜め息をついた。

これまでに文面でのやり取りに沙羅は頭を悩ませたことはない。

だが、今は必死に頭を悩ませていた。

ふう、と深めの息を吐いて自分に言い聞かせるように、沙羅はポツリと呟く。

（……す、好きとかではなくて、私は浅井さんにちゃんとしたお礼ができてないだけですから）

——大丈夫、大丈夫。

そう何度も自分に言い聞かせて沙羅は晴也へメッセージを一件送る。

送信後は、気恥ずかしさから自分でメッセージを消してしまうことを封じるため、勢いのままに携帯の電源を落とす。

沙羅は恋愛の気持ちを否定しているが、そこには恋に悩める乙女の姿がしっかりとあったのだった。

第二章　沙羅の幸福

沙羅と連絡先を交換した次の日。

今日は気温も高く、天気は清々しいほどに快晴だった。

もうクラスに関心のない晴也も慣れたものだが、今日も今日とてS級美女達はクラス内で恋バナに花を咲かせている。

「――えっ、あれからすぐに連絡先交換できたのっ⁉」

「凄い運命みたいだね、沙羅……」

沙羅が他のS級美女達に話した内容は単純で簡素なもの。

屋上のことや晴也が同じ高校の生徒だったことは伏せ、ただ連絡先を交換した事実だけを、沙羅は他のS級美女達に伝えたのだ。

だが、当然そのことを伝えれば……。

「え、何があってどういう経緯で交換することになったの？」

と、その経緯について問われてしまうのは仕方がないことだろう。

恋バナ好きの凛が沙羅に詰め寄るが、沙羅はもじもじしながら言いきる。

「……それはひ、秘密です」

「「……っ」」

結奈と凛が同時に目を見開いて固まる。

二人に目を合わせず俯く沙羅のしおらしい態度に、ほんのりと赤みがさした頰。

沙羅の見せた仕草があまりに可愛らしかったためだろう。

沙羅の言葉に対して凛は追及することなく沙羅に抱き着いた。

「沙羅ちん、めっちゃ今可愛いよ。分かった、経緯とかは聞かないね！　……でもどうして秘密なの？」

凛がニマニマと悪い表情を作りながら尋ねると、沙羅は顔を背けながらも、恥ずかしそうに答えた。

「それは……その、心がモヤっとするからです。凛さんも結奈さんも素敵な方なのであまり知られたくないと思ってしまうんです……」

沙羅が言うと、結奈と凛は顔を互いに見合わせて笑う。

その発言は『相手のことが好き』という感情を赤裸々に告白しているようなものだが、沙羅にはその自覚がなかった。

「そっかそっか〜。なら細かいことは聞けないね」

凜は満足そうに何度も頷く。

結奈も結奈で、口角を緩めて嬉しそうにしていた。

沙羅は晴也への好意を自覚していないが恐れていたのだ。

結奈と凜に、もし晴也が同じ高校の生徒だと伝え、彼のことを知られてしまったら……

二人もまた彼に惹かれてしまうことを。

でも、彼とのことは話したくて仕方がなかった。

自分はこれまでそういった異性についての話についていくことができず、いつも一人で浮いてしまっていたから。

そんな沙羅の想いを悟っているのか、結奈は沙羅の頭の上にポンと手を置いた。

「私は――いや、私と凜には気を遣わないでいいからね。沙羅が話したいことを話せばいいからさ……凜が好奇心のあまり行きすぎたことをするようなら――」

と、そこで凜のほうを向いて結奈はその鼻をつまんだ。

「私がこうやってお仕置きしとくからさ」

「……い、いてゃい。いてゃいから……結奈りん」

結奈が手を放すと、少しの間、凜は鼻を押さえたが暫くすると涙ぐんだ瞳で頷いた。

「でも、そうだよ。友達なんだし、そこまで気を遣わないでいいからね、沙羅ちん。だからガンガン話したい時にその手の話題振ってきてくれて大丈夫だから。というより、いつでもウェルカムだし」

凜と結奈の言葉を受けて、沙羅は柔和な笑みを浮かべる。

「……ありがとうございます！」

「うん、それで話を戻すと――連絡先を交換したってことだったよね」

「はい、そうなんですが……」

「いざ交換したはいいけどその後、どうすればいいのか……って概ねそんなとこかな？」

結奈は察しがいいのか、沙羅にそう尋ねた。

沙羅は大きく目を見開くと……凜は今度は結奈に抱き着く。

「えっ、沙羅ちんの様子からするにそれ当たってるじゃん……すごい、結奈りん」

「……ちょ、ちょっと抱き着いてこないでってば」

「えへへっ、結奈りん、いい匂い～」

「こら、匂いを嗅がないの」

そんなやり取りを一部聞いていたクラスメイト達は。

（これが楽園か……）

（てえてえ）

（……見てるこっちが恥ずかしくなってきたわ）

と、そんな感想を一同が抱いていた。

必死に結奈が凜を引きはがすと、凜は伝え忘れていたことがあったのか、「あっ」と思い出したように沙羅に伝えた。

「沙羅ちんも、もちろんいい匂いだからね！」

「え、あ、あのっ……」

「ほら沙羅が困ってる。すぐ話が逸れるんだから」

結奈が呆れ、凜を窘める。

それから話を本題に戻した。

「それで、連絡先を交換したはいいけど、その後どうしたらいいのか困ってるってことだったよね」

「……っ、は、はい」

――と、そこからは『連絡先を交換してからどうすればいいのか』についてS級美女達は話すことになった。

さて、そんなS級美女達の話題に、晴也は寝たフリをしながら今日は意識的に聞き入っていたわけであるが、内心では叫びたくて仕方がなかった。

（ん？　おかしくないか？　この感じだと好感度全然下がってない……むしろ好感度が上がってしまっている始末だ。

（……これは昼休みにはもっと好感度下げようとしないと、な）

――連絡先を交換した後はどうすればいいのか。

と、他のＳ級美女達に尋ねる沙羅だったが、時を少し前に遡れば――実のところ昨日の夜、晴也に向けて一通のメッセージを送ったのだ。

『明日の昼休み、良ければ……屋上に来てくださいませんか？』との文言である。

そのため、自分がした選択が間違っていないのかを確認するために、沙羅は他のＳ級美女達に尋ねたのだろう。

『――ところで、浅井悠って名前に聞き覚えないですか？』

ふとＳ級美女達の話に聞き耳を立てれば、そんな沙羅の発言が晴也の耳に届く。

『浅井悠ってたしか、少女漫画の主人公の名前だけどどうかしたの？』

『いえ知り合いがその方をカッコいいと話しておりまして……少女漫画の登場人物の名前ですか……』

『えっ、結奈りん⁉　少女漫画、全然読みそうにないのに案外読むんだね』

『……い、いやっ、従姉妹がよく読んでて聞いたことあった感じだから』

『そうだよね～、結奈りんが少女漫画ってあんまりイメージないし』

『そりゃそうだって……』

そんなＳ級美女達の一通りのやり取りを耳にして晴也はギクッと身体が震えた。

（……姫川さん、早速特定しようとしてるし……あー怖い怖い）

偽名を使っといてよかった、と安堵の息を零す。

（でも、その従姉妹さんとは凄く気が合いそうだな）

浅井悠が出てくる少女漫画はかなりマイナーな部類だ。

なのにすぐに『少女漫画のキャラ』だと特定できるということは、かなりの愛好家だということが窺える。

晴也がそんな見ず知らずの誰かに対して勝手に親近感を覚えていると、不意に背後から肩を叩かれた。

「――どうしたんだよ？　S級美女達に関心持つなんてさ」

ニタニタと楽しそうに、後ろの席の住人――風宮が尋ねてくる。

気づかれないようにしていたが、どうにも風宮には晴也がS級美女達の話に聞き入っていたことがバレてしまったらしい。

晴也は重たい身体を起こして気だるそうに振り返った。

「悪いな……あの赤崎がS級美女達に興味を持ってるのが意外で、声かけちまった」

「ちょっと、色々あってな」

「へえ〜。でもさ、分かるぜ？　姫川さん……好きな相手ができて、こっからどうするか、が見物だよな」

「そんなつれないこと、言うなよな～。この手の話題って俺の友達とか知り合いはよ、あんまり乗り気になって話してくれないからさ」

（友達は置いといて……俺は知り合いですらなかったのか）

という突っ込みは置いといて、晴也は沙羅のことについて関心を示す。

すると、風宮は手をヒラヒラと顔の前で振ってきた。

「……やめとけ」

「別に俺は好きとか告白とかの話はしてないぞ」

「じゃあ、なんでいきなり姫川さんの話になるんだよ」

「別にこの前の忠告を素直に聞こうと思っただけだ」

この前の忠告というのは、Ｓ級美女達を知ることで交友の輪を広げられるというものだ。

どこか納得いってなさそうだったが、風宮は怪訝な顔つきのまま説明をしてくれた。

「ま、クラスの有名人だよな……姫川さんは。もっとも最近惹かれている相手がいるみたいだし、家柄もかなりいいし、そもそも他人を寄せ付けないタイプだし、で告白する男子は少ないみたいだけど」

思わず心臓が大きく跳ねた。

惹かれている相手、というのが自分のことを指していると今なら分かるため、晴也は苦笑を浮かべてしまう。

平静を装いながら先を促すと、風宮は続ける。

「勉強もできて、スポーツもできる。そして顔立ちも良く育ちもいい。正直言って非の打ちどころがないな」

沙羅は完璧主義だそうで、実際に結果を残してきたタイプなのだそうだ。

非の打ちどころがないためか、入学時点で心を奪われた男子生徒も多かったらしい。

もっとも、晴也は全然そんなこと知りもしなかったのだが……。

「まっ、姫川さんには今好きな相手がいるみたいだから無理だろうけど頑張ってくれな」

「そんなんじゃないけどな」

ポンと肩に手を置いてきた風宮の手を払うと、晴也は前に向き直った。

＊＊＊

午前の授業が終わって、迎えた昼休み。

晴也は人気の少ない場所で、髪を整えメガネを外してから屋上へと向かった。

昼食のサンドウィッチを持って屋上の扉を開けると、どこまでも澄んだ空と心地良い風が晴也を迎える。

いつもなら、屋上に足を運べば気分は晴れやかになるのだが、鬱屈とした気持ちは晴れずにいた。理由は明白。煌めく髪を靡かせている沙羅がそこにいたからである。

「あっ、浅井さん。来てくださってありがとうございます」

「どうも、姫川さん」

沙羅はただ、一緒に昼食を食べる名目で晴也を呼び出したようだった。

あえて彼女とは離れた位置に晴也は腰をかけると、沙羅はわざわざ移動してきてまで隣に座ってくる。

晴也は苦笑いを浮かべたが、対する沙羅は柔和な笑みを浮かべていた。

「……別に緊張なさらなくても大丈夫ですよ、それに沙羅と名前呼びでも大丈夫です」

（いえ、ただの嫌がらせです☆）

などと、口に出せれば楽なのだが……あまり強く出られないのは自分がヘタレだからだろう。

（……情けなさすぎるな、俺）

彼女を〝沙羅〟と下の名前で呼べないのも恥ずかしさが襲ってくるからに他ならなかった。

自分の不甲斐なさを痛感しつつ、サンドウィッチの包みを開ける。

「……いただきます」

手を合わせて食事前の挨拶をしてから、晴也はサンドウィッチに口をつけた。

「コンビニのですか……」

「まあ、な」

「普段からコンビニのものなんですか？」

「一人暮らしで料理するのが面倒だから……そうなっちゃうな」

「……そ、そうなんですか。私も一人暮らしなので気持ちは分かりますけどね」

そう言って彼女は苦笑を浮かべ、顔を硬直させた。

（これは……俺が自堕落だと知って失望したか？）

沙羅の反応から、晴也は確かな手ごたえを実感する。棚からぼた餅である。

「基本、掃除もサボっちゃうしご飯も適当に済ませちゃうんだよね……俺って」

沙羅は続く晴也の発言を受け、顔を俯かせてから、きゅっと握り拳を作った。

見れば彼女の明るい表情は……強張ってしまっている。

（いい反応だ。これは俺の好感度が下がってるいい証……！）

と、晴也は内心で喜びを露にするも、何か意を決したのか沙羅は晴也のほうを向いた。

「――良かったらですけど、私のお弁当食べませんか？」

「……え？」

晴也は思わず呆けた声を漏らした。

いや何で……と真っ先に疑問の声が心の中で上がってしまう。

困惑する晴也を見て、沙羅は説明不足だったことに気づいたのか話をしてくれた。

「元々はそのつもりで浅井さんをここへ呼び出したんです。私、結局……浅井さんにお礼がきちんとできてないな、と思いましたので何かお礼ができないかなと」

「いや、礼なら結構だって」

「――そういうわけにはいきません。浅井さんにはナンパから助けていただいただけでなく、気も遣っていただいて、先週末なんて紳士的に振る舞ってくださったじゃないですか。お礼をしない、というのはできないです」

全部誤解であるし、先週末に関していうと、晴也は彼女にとっての地雷を踏み抜いたため、責任を感じてしまい……荷物を持ってあげたり気を遣った振る舞いをしたりといった紳士的な対応を心掛けたのだ。

そのため、感謝される所以(ゆえん)はないのだが……。

晴也が『違う』と否定しようとすると、沙羅が先回りしてそれを封じてくる。

「浅井さんは私のことを想(おも)って行動してくださいました。……違いますか？」

自信に溢(あふ)れたそんな表情を晴也は向けられる。

晴也は彼女の期待に満ちた想いを否定することができずに、曖昧に濁して顔を背けた。

（……違うって言うにしてもさ、これってある種の拷問だよな）

彼女の前でいかに自分が不出来な人間かを説明する。

自分で自分を下げる発言を次々に告白する。

これほど苦痛なことはないだろう。

沈黙を肯定と捉えたのか、沙羅は柔和な笑みを浮かべて、自分の弁当を差し出してきた。

「そういうことです。なので感謝されてくださいね」

「それで……何で弁当なんだ？」

「浅井さん、先ほど昼はコンビニで済ますことが多いとおっしゃいましたので、栄養バランスが大事だと思いまして――」

どうやら晴也の健康を気遣っての提案だったらしい。

沙羅の明るい表情が強張ったのも、自分が作った弁当を食べてもらいたいと言う勇気がないために緊張して出た表情のようだった。

「なら、本当に食べていいのか？」

「はい、どうぞ……」

と、そこで沙羅は予備の割り箸を晴也に手渡した。

きゅっと緊張からか顔を強張らせる沙羅を横目に、晴也は沙羅の色とりどりの具材でいっぱいの弁当に箸をつける。

卵焼き。唐揚げ。サラダ等々。

正直なところ、実際どの料理も美味しく舌鼓を打たずにはいられない。

美味しい料理に嘘をつくことはできず、いや、というより反射的に「うまっ」との言葉が漏れてしまった。

美味しくないと言って沙羅からの好感度を下げようと晴也は考えていたのだが、あえなく不発に終わってしまう。

晴也は次の作戦として……沙羅の弁当を独占する手法を試みた。

要は沙羅のことを考えずにたくさん弁当を食べて、沙羅の食べる分を少なくするといった、何とも意地悪な作戦である。

黙々と沙羅の弁当を食べ進めれば、手の込んだ料理を口に運ぶたびに否応なく舌鼓を打たされていく。

（……罪悪感が凄いけど、きっとこれで俺の評価は落ちただろ）

そう思い込み、内心でほっと安堵の息を零す晴也。

だがそんな晴也の思惑とは裏腹に、沙羅はどこか満足そうに晴也の横顔を見つめる。

（……こんなに私の弁当を美味しそうに頬張ってくださるなんて嬉しいです！）

と、沙羅は胸を高鳴らせると、少し声を上ずらせながらも目を見開いてこう言った。

「あ、あのっ、もし良かったら、これからもここでお昼をごいっしょしてくださると嬉しいです」

晴也は内心ではめんどくさいと思う他ない。

ここに来るたびにいちいち人目を気にしたり髪をセットしたり……。

ただ、彼女の自分に対する評価を落とすためにも今後の付き合いというのは、欠かすことはできないだろう。

「……え、えっと」

それでも、少し迷いが生じた晴也だったが、沙羅は声を合わせてきた。

「でしたら明日もここでお待ちしております！」

木漏れ日みたいな笑顔を向けられた晴也は、ただただ苦笑を浮かべながら頷くことしかできない。

「……わかった。また来る」

かくして晴也は、沙羅と屋上で秘密の時間を共有することを日課にするのだった。

……だが、一つ言わせてほしい。

(姫川さん？　笑顔で誤魔化してるけど、屋上、君もちゃっかり利用する立場になってるじゃん……)

優等生の設定はどこいった、と晴也は内心で突っ込んだ。

＊＊＊

放課後直前、帰りのホームルーム前の時間。

退屈な授業を終えてから担任が来るまでの間、クラスメイト達は雑談で賑わいを見せ、ガヤガヤザワザワと教室内は喧噪に包まれていた。

そんな中、晴也は一人、穏やかな気持ちで机に突っ伏していたのだが……。

「――自分が作ったお弁当を美味しそうに食べていただけるって凄く嬉しいことですよね！」

「分かる～。特に食べてほしい人に食べてもらって、嬉しそうにしてるの見たら凄く嬉しい」

「そうね、私も経験はないけど、気持ちは分かるかな……」

と、そんなＳ級美女達の話題がふと耳に入ったのだ。

「なになに、ひょっとして沙羅ちん。昼にいなかったのはもしかしてそういうことだったりするの？」

「……あっ私もそれ、気になったかな」

「そ、そういうわけではないんですけど、想像したら高揚感に包まれたので」

満面の笑みで呟く沙羅に、内心で晴也は「嘘だろ……」と絶句してしまっていた。

晴也は自分がとった行動が予想に反して好意的に解釈されていることが、歯がゆくて仕方がなかった。

（いや、何でだよ……食べてもらって嬉しいって、そう思われる以上に……迷惑なくらい食べたはずだが……）

そう思っていると、答え合わせであるかのように沙羅は他のＳ級美女達に説明を追加した。

「……最初は美味しいって言われても私はお世辞じゃないかと疑ってしまうんですが、たくさん、美味しそうに頬張られたら、本心からおっしゃっていただけてるんだな、と実感するので。それに私……料理には実はそんなに自信がないので……」

「そうね、いっぱい食べてくれたらお世辞じゃないもんね……」

「うんうん、食べてくれる量は信頼に変わるよね～」

凛が頷いてそう言うと、沙羅は「そうなんです！」と強く同意するかのように大きく頷いた。

（もしかしたら、浅井さんもそのことを見抜いていて……）

沙羅はその可能性について思案しだすと、胸がとくんと高鳴った。

運命的な出会いをした男性が自分の本質まで見抜いていた、となると、何とも恥ずかしい気持ちになる。

胸の奥から沸き起こる熱で顔が赤くなるのを沙羅は必死に抑えようとする。

すると、そんな沙羅の様子を見ていた凜は、追い打ちをかけるように沙羅に言った。

「いつかさ、そのお相手に弁当たくさん食べてもらえたらいいね！」

「だね、私も応援してる」

続いて結奈が話すと、沙羅は片眉を上げて笑みを浮かべた。

表情を悟られないように隠しながら沙羅は胸中で想いを募らせる。

（……結奈さんも凜さんも羨ましそうにしてくださって……。こんなに晴れやかな気分になるのは初めてです。ふふっ）

思わずニヘラ笑いを浮かべそうになるのを必死に抑える沙羅。

そんな沙羅の言葉を席近くで聞いていた晴也は、内心で頭を抱えて絶叫していた。

（そうはならんだろ……ってか、好感度上がってる気がするのは気のせいなのか……？）

沙羅の好感度を下げることで晴也への関心をなくさせ、Ｓ級美女達の話題に自分を上げないようにさせる。結果として、晴也は目立たなくなる。

このルートを辿りたくて晴也は行動してきたのに、今のところ全部逆効果となってしまっている気がしてならなかった。

唯一守られていることといえば『正体がバレていない』ことくらいだろう。

少なくともこれだけは絶対に死守しなければならない。

晴也はこの一件から身の危険を感じたため、相談相手に色々と話を聞いてもらおうと相手に連絡を入れたのだった。

『……Nayu さん、今日の夜にオフ会できる?』

『……いけるよ』

連絡を入れた際、S級美女の一人である結奈が——。

「えっ、結奈りん? 誰からの連絡?」

「……い、いや別に何でもない」

「えー何でそんなに隠すの?」

「何でもないからホントに……」

と、凜に迫られた際、結奈が必死に誤魔化していたことに晴也は気づけなかった。

＊＊＊

時刻は十九時を少し回った頃。

すでに空はほんのりと薄暗くなっており月が顔を覗(のぞ)かせている。

晴也はワックスで髪を整え、白シャツに黒のカーディガンを羽織った姿となって一人、待ち合わせの駅である人物の到着を待っていた。

春とはいえど、夜は少しだけ肌寒い。

待ち合わせの時間より少し早めに到着した晴也は、適当に屋内に入って寒さを凌ごうかと考えた矢先に――――。

「……Haru さん、お待たせ」

背後から凜として透き通った声が耳に響く。

振り返るとどこか大人びた女性が落ち着きのない様子で立っていた。

彼女の服装は少しサイズ感大きめのパーカーにデニムパンツの組み合わせで、いかにもカジュアルな恰好である。

だが、大人の女性がまとうような色気がカジュアルな服装から滲みでていた。

それは悠然と佇む彼女が美人であるからに他ならないだろう。

もっとも、彼女はいつもサングラスをしているため、その素顔を晴也は一度も見たことはないのだが……。

「……ごめん。待たせた？」

「いや、俺もさっき来たとこだから」

「そっか、ならいいんだけど」

いかにもカップルがしそうな定番のやり取りを交わしつつ晴也はあたりを見回すと、途端に気恥ずかしさが襲ってきた。

（よく見たら……周りはカップル多いなぁ）

ここは、駅の中では有名な噴水前。

待ち合わせの場所で利用されることが多いこの場所だが、なぜか今日に限っては若い男女のペアが多く見られたのだ。

休日ならまだしも平日にしては珍しい。

と、晴也が思っているとそれは Nayu も同じく感じたことなのか言及してくる。

「今日は特にカップルが多いみたいだね」

「そう、みたいだな」

現に視線の先では腕を組んでいる男女のカップルが何組も行き交っていた。

「……私達もさ、傍から見ればカップルみたいに見えたりしてね」

色っぽく艶のある声音で言うのはやめてほしかった。

思わず心臓が大きく跳ねてしまう。

（……言ってて Nayu さんは恥ずかしくないのか）

と思った晴也だが、大人の余裕というものなのか、彼女からは何一つ動揺している様子は感じられなかった。

気恥ずかしさを覚えながら Nayu を見やると、彼女は髪を指でいじりながら申し訳なさそうに呟いてくる。

「……そういえば、今日は服こだわってなくてごめんね。Haru さんはお洒落してきてるのにさ」

「いや、気にすることないって。それに謝る理由がイマイチ分からないんだけど」

「……相手がお洒落してきてるのにこっちはおめかししてないって、ちょっと失礼じゃない？　だからごめん。つい緩い服装で来ちゃったからさ」

こうしてお洒落をしてきている晴也からすれば、別に気にするほどのことでもないだろう、と思っていたのだが、彼女からすればそれは違ったらしい。

つい緩い恰好で来た、と零す Nayu だが、今日の服装も実際のところよく似合っている。

ラフな恰好なのには違いないが、本人の魅力はそれでも引き立っていた。

「……今日の私は特に着飾れてないと思うし」

「似合ってると思うけどな……ちょっとボーイッシュな服装」

ダボッと少しゆとりが感じられる服装。

それはそれで美人が着ていると新鮮で魅力的に晴也の目には映る。

もっとも、「可愛い」だとか「美人」というのは直接本人には言えないが……。

照れながら晴也は頬(ほお)を掻(か)いて彼女の服装についての率直な意見を述べた。

「……っ。そ、そう？　Haru さん、こういうの趣味だったんだ」

どこかいたずらっぽさの残る声色。

綺麗な瞳を見開いたのち、リップで艶やかに輝く唇から彼女は続けて言葉を紡ぐ。

頬はほんのりと赤らんでいて穏やかな表情を浮かべていた。

「ありがとう、Haru さんも相変わらず似合ってるよ……」

相変わらず、と言ったのは晴也の服装が変わり映えのしない白と黒を基調としたファッションだからだろう。

褒められること自体は悪い気はしないが、周囲にカップルが多いからか、変な気分にさせられる晴也。

誤魔化すように Nayu に尋ねた。

「どこか食べに行きたいところでもある？」

「前回はファミレスだったけど……最近評判の良い喫茶店が駅近くにあってさ」

一瞬、常連客として通っている喫茶店のことが晴也の脳裏に浮かんだ。

Nayu も自分と同じくそこの常連客なのか、と胸を弾ませる。

が、駅近くと聞いた途端にそれは違うな……と晴也は肩をすくめた。

「何でもスイーツが美味しいんだとか。だから良かったらそこにしない？　他に行きたいところあるなら譲るけど」

喫茶店なら常連として定期的に通っている店に勝るところはないだろう。

と、晴也は思ったが、評判が良いと聞くと途端に興味を惹かれた。

「いやそこにしよう」

「……じゃあ行こっか」

案内すると言いたげに先行するNayu。

晴也は彼女の後に続いて、喫茶店へと歩きはじめた。

＊＊＊

オフ会とは、SNSなどネット上で知り合いになった共通の趣味を持った者同士が実際に顔を合わせることを指すが、晴也とNayuとの間ではその〝オフ会〟にちょっとしたルールが決められていた。

一つは、オススメの少女漫画をお互いに共有して感想を言い合うこと。

二つは、互いにプライベートなことは詮索しないこと。

この二点だ。

そのため、晴也とNayuはいつものように喫茶店で料理を注文してから、少女漫画の感想を語り合い、晴也はオススメの少女漫画を彼女に伝えた。

そうして、少女漫画の話で盛り上がりを見せて二十分ほどが経ち……少女漫画の話は一時中断となる。

「……そういえば、Haru さんってブラック派なんだよね」

届いたコーヒーに口をつけていると、Nayu は唐突にそんなことを零した。

実際に晴也はいつも喫茶店ではブラックコーヒーを頼んで、香りとコク、そして味を楽しむのだ。

現に今もコーヒーの香りを堪能している最中である。

「Nayu さんはブラック派じゃないのか？」

大人びた彼女のイメージから、Nayu も無糖でコーヒーを嗜むものかと晴也は思っていたが……。

「私、あんまり苦いのは得意じゃないからさ」

自嘲するように言って、Nayu はテーブルの端に置いてあったミルクと砂糖をコーヒーに加えようとする。

と、そこで晴也は思わず待ったをかけてしまった。

「意外とここのブラックコーヒーはそこまで苦くないよ。一口飲んでみたら？」

割とこのブラックコーヒーは飲みやすい、というのが晴也の率直な感想だった。

何気なく言った晴也に最初こそ眉を顰めた Nayu だったが、意を決したのかふうと一息つく。それからゆっくりと口を開いた。

「……Haru さんが言うなら信じてみる。まず香りを楽しんでさ……こうやってコーヒーを嗜む感じでしょ？」

わざとらしく彼女は足を組んでドヤ顔を決め込む。サングラス越しでも目をキリっと細めているのが伝わってきた。

陽キャってウェーイって感じでしょ？　と言わんばかりの偏見ぶりである。わざとらしさが少し鼻につくが、その姿はサマになっている。

足を組み、片肘をついて、退屈げに Nayu は窓のほうを見つめた。

できるキャリアウーマンの女性っぽさがひしひしと感じられた。

「……うーん、でも服装だけは失敗かな」

ゆったりとしたパーカーをヒラヒラと摘んで Nayu はポツリと呟いたが、『でも、こんな感じでしょ？』と言わんばかりにこちらに視線を向けてきた。

それからクールな素振りで口元へコーヒーを運び――。

「……あれ、意外といけ――っうぅぅ」

唐突に目を見開いて苦悶の表情を浮かべる彼女。

眉を顰めそれまで振る舞っていたクールな姿は一瞬で崩壊した。

余裕ある〝大人な女性〟の姿はもうそこにはない。

小さく舌を出しては晴也のほうを恨めしげに見つめてきた。

「……に、苦い。Haru さん、嘘つきじゃん」

「いや、本当にここのブラックは飲みやすいと思ったんだけど……」

「笑わないでよ……ちょっと恥ずかしい」

そんな照れくさそうにする結奈を見て、思わず晴也はくすっと笑ってしまう。

大人びた雰囲気のあった彼女が一気に子供っぽくなったものだから、ついつい可愛らしいと思ってしまったのだ。

そっぽを向く彼女の不満の矛先がこれ以上自分に向かぬように、晴也は唐突に話題を変える。

だが、晴也にとっては今日——これが本題であった。

「突然だけどさ……話があって聞いてくれないか？」

「……断ってもいい？」

「そんな変な話じゃないって」

晴也が即答しても、露骨に Nayu は嫌そうな表情を浮かべた。

が、すぐさま『はあ』と短めの溜め息を零し、彼女は黙って先を促してくれる。

一応、話だけは聞いてくれる姿勢のようだ。

「実はさ——」

晴也は詳細を省きつつも Nayu に話を共有した。

自分が過大評価されてしまっている現状をどうにか改善したい、ということを。

その話を聞き終わると、彼女は人指し指をピンと晴也に立てた。

「そんなの簡単じゃん。要は自分が過大評価されてると思ってるならさ……いっそのことその子とデートすればいいんじゃない？」

「デ、デート？」

晴也は Nayu の発言に素っ頓狂な声を上げる。

「自然と互いの時間を共有していけば、その人の本質は見えてくるからね。過大評価というのも時間が解決してくれると思う……」

下手な小細工をする必要なんてない、と彼女は言い切った。

「なるほどな……」

「男女がお互いに時間を共有することと言えば、デートだからさ」

と、そこで彼女は触れる必要もなかったはずなのに、何かに気づいたのかすぐさま首を横に振る。

「あっ、ちなみにこれはデートじゃなくてオフ会だからね」

「いや分かってるけど」

即答すると、なぜかムッと眉を吊り上げる Nayu。

そんな Nayu の様子に晴也が首を傾(かし)げると、彼女は咳払(せきばら)いをして誤魔化した。

「……ま、まあそれはいいとして。とにかくHaruさんにアドバイスできることといったら、普通にデートすることとかな」

「……デ、デートか。なるほどなぁ」

正直なところ、気は進まないものの彼女の意見は参考になるものだった。

「ありがとう、Nayuさん。助かった」

「ううん、別に……」

と、そこでこの話題は終わりをみせ、それからは少女漫画談義を二人は解散するまで続けたのだった。

＊＊＊

翌日の昼休み。

早速、屋上へとやってきた沙羅と晴也は、互いが横に座る形で昨日と同じように昼食を摂っていた。

晴也は沙羅の好感度を下げるべく、あえて沙羅の弁当を食べないという選択を次は取ろうと思っていたのだが……。

「あっ、今日も来ていただいてありがとうございます」

——すごく律儀であるし。

「料理に私、自信なかったんですが、昨日喜んでくださって嬉しかったので今日も食べてもらえないですか？」

——こんなに風に下手に出られては。

沙羅の頼みを「食べれない」、と断ることは晴也には到底できなかった。

（俺のヘタレこんちくしょう……あっ、ちなみにご飯は美味しいです）

と、何故か悔しい気持ちにさせられ、内心で泣きながら晴也は沙羅の弁当を頬張る。

食べ物に罪はないため晴也は「美味しくない」と嘘はつけず……。

「……ど、どうですか？」

不安そうに尋ねてくる沙羅の問いかけには……。

「オイシイ、めっちゃオイシイ」

と、晴也は素直な感想しか言うことができなかった、

だが、内心で「俺のバカ野郎！」と自分の不甲斐なさを呪い、自分に対する怒りから握り拳を掌に爪痕が残るくらいにぎゅっと固く握り込む晴也。

すると、そんな晴也の姿を見て、自分の手料理にそこまで感動してくれているのだと勘違いした沙羅は満足そうに微笑んだ。

（私がしてくれたら嬉しいと思うことを浅井さんはしてくださるんですよね……）

そんな勘違いが起こっている中、晴也は焦ってデートの提案をすることにした。

というのも、過大評価されすぎた自分の評価を改善するには時間を多く共有することになるデートが確実だと、少女漫画好きの同志であるNayuに昨日、教えてもらったからだ。

弁当作戦は失敗に終わってしまったため、タイミングを見計らって晴也は沙羅に尋ねた。

「――あ、あのさ……姫川さんのこともっと知りたいと思えたからさ。その、今週末俺とデートしていただけないですか？」

思わず緊張した声音で晴也は沙羅にそう提案してしまった。

沙羅は想定外の晴也の提案に目を丸くする。

「え……」

目をぱちと大きく見開いて、晴也の言葉の意味を推しはかると沙羅は顔を赤らめた。

心臓がドクドクと脈打ち、身体が熱を帯びているのを沙羅は自覚する。

「あの、私で良ければですけど……お、お願いします」

「ああ、よろしく」

一瞬、断られるのではないかといった不安が脳裏をよぎったが、快諾してくれたおかげで晴也はホッと安堵（あんど）の息を零した。

（デートに誘うのに緊張して、どうするんだよ）

スマートに誘えずたどたどしくなってしまった自分のことを思い返すと、晴也は身体全体が熱を帯びだした。

——何はともあれ、かくして晴也と沙羅とのデートが決まった。

＊＊＊

迎えたデート当日のこと。

今日の天気は快晴。空もどこまでも澄み切っていて……絶好のデート日和といえた。

学校で見せる根暗な男子の姿ではなくお洒落な恰好(かっこう)をした晴也は、時間に遅れないように待ち合わせの場所へと急いでいたのだが、そんな時に限ってのことだった。

「ママーどこにいるのー」

待ち合わせ場所に向かう道中、通り道である公園を横切れば、そんな小さな女の子の助けを求める声が耳に入ってきたのだ。

(——周囲の人達がきっとどうにかしてくれる)

そんな他力本願はまずいだろう。

実際そういった考えを持ってしまうのが普通なのか、見て見ぬふりをしたり遠巻きに様子を窺ったりするような者は数名いた。

晴也はなんら躊躇(ためら)うことなく、その女の子の側まで近づいた。

そして、腰を落とすことで、ますは視線をその女の子に合わせる。

「――お、おにいちゃん。だれ？」

見たところ、その女の子の歳は四～五歳くらいであろうか。

一先ず、泣きだされたり騒がれなかったりしたことに晴也はホッと安堵の息を零す。

「俺は赤崎晴也。えっと晴也……きみの名前は？」

「あたし、みゆう」

「そっか、みゆうちゃんか」

「うん、みゆう。おにいちゃんはーはるやー」

迷子になっているにもかかわらず活発な子で助かったが、子供の対応というのはどうしたら良いのか晴也には分からなかった。

とりあえず元気そうなだけ良かった、と安堵したあとに親御さんのことを聞き出そうとしたところで――警察官がたまたまやってくる。

「あっ、あとは警察の方々……よろしくお願いします」

時間もないためそう言う晴也だったのだが――。

「すみません、お兄さんには事情をお伺いしたくて」

と、爽やかな声音で警察官は晴也に同行を求めた。

(ですよねー知ってました……)

晴也はこれでデート時間に遅刻することが確定する。

（……まあ、姫川さんからの好感度を下げるには効果的だろうけど、これは人としての問題だからな）

遅刻は原則あってはならないことだろう。

晴也は沙羅からの好感度を下げるにしても、してもいい行動には自分なりの制約を設けていたのだ。そして、してはいけない行動の中には当然、遅刻も含まれている。

「はるやー、はるやー」

唯一、助かっていることを挙げるとすれば……この子が泣き出すことなく、人の名前を呼ぶだけで楽しんでいてくれる子であることだ。

手間がかからず、交番でも大人しくしてくれているため、晴也からすれば凄く助かった。

――結果として。

「すみません、赤崎さん。ご迷惑をおかけしました」

と、みゆうの親が来るまで晴也は時間を拘束されてしまったのだった。

一応遅れることを沙羅に伝えた晴也だったが、待ち合わせ場所に到着すると、当然ではあるかもしれないが、すでに沙羅はその場に到着していた。

黒を基調とした服に赤と黒のチェックスカート。

色白な彼女の肌と対照的で、自然に目が引き寄せられるほどの魅力がある。

首元には小洒落たネックレスが煌めいていて、沙羅の容姿の華やかさを際立たせていた。ナチュラルメイクと言えるほどの薄化粧もあって、彼女の顔立ちは色気が増しており扇情的。

遠目ではあったものの、その華やかさから晴也は辺りを見回すとすぐさま沙羅の姿を確認することができた。

「……ごめん、遅くなって」

「……何かあったわけではないんですか？」

沙羅は晴也を責めたり不満げな態度を示すわけでなく、まず晴也を心配するような声を掛けた。

「いや……ごめん。普通に遅れてしまったからさ」

特に理由があるわけでもないが、晴也は迷子になっていた幼女のことは伏せておくことにした。

単に説明するのも面倒であったし、できすぎた言い訳で嘘を疑われてしまうのも何だか釈然としないからである。

「そ、そうですか……」

沙羅は不審そうに眉を顰めたが、それも一瞬のことで、すぐさま気持ちを切り替え明るい声で続けた。

「……浅井さん、今日のお洋服、よくお似合いです」

「ありがとう」

晴也がそう返答すると、沙羅はじっと何かを訴えかけてくるような瞳で晴也のことを見つめてきた。

晴也は困惑から首を傾げたが、じっと見つめてくる彼女の円らな瞳は自分から離れてくれそうにない。

しばらくすると、遠慮がちに沙羅は上目遣いをしてきた。

心なしか頬もちょっぴりと膨らませて。

「その……今日の私の服装、変じゃないですか？」

何か言ってくれないと困ります、と瞳が訴えていた。

晴也は思わず反射的に「えっ、凄く似合ってるけど」と素で返す。

「……ありがとうございます！」

沙羅の不安そうな面持ちが明るいものになったのを確認したところで、晴也は内心で自分をとがめた。

（おい、そこは似合ってないって言うべきだっただろ。なに普通に素直な感想を言ってるんだよ！　俺は……）

今日のデートの目的は遊びではない。

沙羅の行きすぎた、捏造といってもいい自分への過大評価を見直させ、彼女の自分への関心をなくさせることにある。

晴也は意識が足りない、と首をぶるぶるその場で振って意識を変えるように努めた。

「……今日のプランは決まっているんでしょうか？」

沙羅は晴也の隣に立って、どこか期待に満ちた瞳で尋ねてくる。

「うん、決まってるから任せてほしい」

「はい！　よろしくお願いします……」

晴也が爽やかな笑みを向けると、沙羅はコクリと頷いて柔和な笑みを浮かべた。

（……デートのリードを任せられればこちらのものだ。ごめんな姫川さん……。でも、今日で俺の評価は下がること間違いなしだ）

内心で邪悪な笑みを浮かべながら、肩を並べて晴也と沙羅は目的地に向かった。

「——姫川さんって、ご飯まだだよね？」

現在の時刻は十三時を回った頃。

ちょうど昼食にはいい時間帯である。

「はい、まだです」

「了解、じゃあまずは昼ご飯を食べにいこう」

「ちょうどお腹減ってたところなので助かります」

——と、いうことで早速二人は昼食を摂る流れとなった。

目的地に向かう道中、休日ということもあってか人通りは多く感じられる。

お洒落なカフェのある通りは特にカップルの数が多かった。

「……カ、カップルが多いですね」

ふと沙羅が小さな声で呟いた。

「まあ週末だからじゃないか？」

「そうですね……私達も傍から見たらカップルに見えているんでしょうか？」

「さあ、どうなんだろうな」

正直に言えば、見えないだろうな、というのが晴也の本音である。

というのも、晴也と沙羅との間には明確な距離があったからだ。

手を繋いだり、肩を組んだりとカップルらしいことは何一つしていない。

ただお互いに距離を空けて……隣を歩いているだけである。

晴也達の前方で歩いている学生らしいカップルは、ときどき肩が触れ合いそうな距離感で手を握りあっていた。

（まあ、カップルって言ったらあれくらいの距離感にはなるだろうな）

と、苦笑を浮かべる晴也の視線を追うと沙羅はおずおずと口を開いた。

「……あ、あんなにもくっつくものなんでしょうか」

戸惑いと恥ずかしさから顔を紅潮させる沙羅。

「まあ、でもあれくらいならカップルには見えると思う」

何気なく晴也が言うと、沙羅は一歩分だけ晴也との距離を詰めた。

ふわりと柑橘類のいい香りが晴也の鼻孔を刺激する。

歩くときに手が触れるかもしれない、そんな距離感だった。

思わず晴也が隣に立つ沙羅に目を向けると――沙羅はどこか照れながら言う。

「あれくらいの距離感は恥ずかしいので……こ、このくらいで」

指をつんつん合わせて控えめな笑みを浮かべる沙羅。

(えっ、なにこの可愛い生き物)

赤みが差した頬に、それでいて可愛らしい挙動。

彼女の仕草は愛らしく、思わず「可愛い」と唸らされる。

晴也はすぐさま内心で「違う、そうじゃないだろ俺！」と強く言い聞かせた。

今日のデートの目的は沙羅の好感度を下げることにあるのだ。

可愛いなどと褒めてしまっては逆効果になるため、可愛いとなるべく思わないようにしないといけない。

動揺を隠すように平静を装いながら、晴也は沙羅に尋ねる。

「……で、でもなんでカップルの距離にする必要が？」

「……周りを確認したんですが、異性と二人でいる方達に私達ほどの距離感の方はいらっしゃいませんでしたので……そのっ、周囲に溶け込みたかったんです」

駄目ですか？　と切なそうな瞳を晴也は向けられる。

自然と顔が熱くなっていくのを自覚する晴也だったが、駄目と言おうにもなかなか言い出せそうになかった。

(ここでダメといったら照れ隠しみたいになりそうだしな……)

かえって逆効果になりそうだったため、晴也はただただ頷くことしかできない。

「……ありがとうございます！」

歯を見せて笑う彼女を見ると、晴也は無性に悔しい気持ちにさせられた。

何だか彼女の思い通りになってしまっている気がしたからだ。

(ちくしょう、この美少女め。次は絶対思い通りにはさせないからな)

内心でそう言う晴也は、心なしか歩みを速めて目的地まで急いだ。

＊＊＊

「ここは――」

「幸屋だな、昼はここにしよう」

気恥ずかしさを覚えつつ、歩くこと十五分程度。

二人は牛丼の大型チェーン店、幸屋へと訪れることになった。

幸屋は安価な牛丼を中心とするメニューが多くあって、基本的な利用客層はサラリーマンだったり学生だったりで、共通して言えるのは男性客が多いということだ。

値段が安いということもあって、初めてのデートで幸屋というのはセンスが感じられないと思われるだろう。

デートの昼食のチョイスとして幸屋を選ぶのは、まずもって「ない」と答える者が多いはずだ。そこで、晴也は沙羅からの自分の評価を落とすためにこの幸屋をチョイスしたというわけだった。

晴也は心底、沙羅は自分に失望しただろうなと思ったのだが……。

「……は、入りましょう！」

心なしか彼女の顔は強張(こわば)っていて、でもなぜかテンションが高くなっているように晴也には感じられた。

「お、おう」

そんな沙羅に思わず気圧(けお)されながらも二人は幸屋へと入店した。

店に入ってテーブル席へと案内されると、沙羅は奇異なものを見るような目で店内をきょろきょろと見回し始めた。

心なしかそわそわしていて、落ち着きがないように感じられる。

そんな沙羅を不思議に思い、晴也は彼女のことを見つめていたのだが、その視線に気づくと沙羅はもじもじと身体を動かしながら答えた。

「……すみません、私、このお店来るの初めてでして」

「……え、あぁそうだったのか」

「はい、なので今、少し緊張しちゃってます。……すみません」

「でも、幸屋来たことないって珍しいな」

「えっと、そうかもです。私、家が厳しくその……裕福な家庭ですので、あまりこういったお店には来ることなくて……」

「あれ、でも前は——」

ファミレスは知ってたよな、と言おうとしたところで沙羅は先回りして答えた。

「ファミレスについては家族で行くことがたまにありましたので存じてました。他のこういうお店は訪れる機会がなかなかなくて」

と、自嘲するように沙羅は顔を一度伏せてから、満面の笑みを浮かべて——。

「牛丼屋さんには、前から行ってみたいと思ってたんですが、女性一人ですとハードル高くて……でも浅井さんが提案してくれたお陰で訪れることができました。ありがとうございます」

「っ……」

沙羅の純粋な笑顔を受けて晴也は思わず冷や汗をかく。

（……いやいやいや！　おかしいだろ……なんでそんなピンポイントで⁉）

好感度を下げる目的だったはずが、かえって好感度を上げてしまっていた事実を知ると、晴也は内心で頭を抱えた。

最初こそ、彼女は気を遣っているんだ、と思い込もうとした晴也だったが、満足そうな沙羅の表情を見ると、心から感謝されていると認めざるを得なかった。

（私のことを、言葉にせずとも理解してくださってて、浅井さんはホントに運命の方なのかもしれないですね……）

内心で胸をときめかせる沙羅に対して、晴也はもうあとは「味で失望させるしかない」と思ったのだが……。

「浅井さん、これすっごく美味（おい）しいです」

きっと高貴なお嬢様が初めてカップラーメンを食べて感動する、といったシチュエーションに近いのだろう。

沙羅は牛丼に目を輝かせて頬張ると、舌鼓を打って心から美味しそうに頬をとろけさせていた。

「ウンオイシイネ、スッゴク」

「ふふっ、浅井さん凄く片言じゃないですか」

面白そうに笑う沙羅だったが、晴也からしてみれば全然笑い事ではない。

仮にこれ以上に過大評価されてしまえば、S級美女達の話題は広がってしまい、学校での居心地は最悪になってしまうからだ。

(これは……次で評価を下げていくしかない！　頑張れ、俺、くじけるな)

そう強く思い込むことしか今の晴也にできることはなかった。

＊＊＊

牛丼の大型チェーン店、「幸屋」を後にしてから晴也が提案し向かった場所は……。

「ここの二階だな。色んなスポーツやゲーム、カラオケもできるみたいだし」

「へえ、色んなことができて楽しめそうですね」

なんでも、大型娯楽施設という場所のようであった。

晴也がこの場所を提案した理由は、色んなスポーツやゲームで沙羅と勝負して完膚なきまでに勝利すれば、自分の評価は落とせるだろうといった算段からのものだ。

（こういうのって、基本的に男のほうが手加減してデート相手を喜ばせるものみたいだからな……でも俺は手加減せずに行かせてもらう）

と、内心で邪悪な計略を巡らしていると隣に立つ沙羅が不意に尋ねてきた。

「浅井さんは……ここ初めてですか？」

「初めてだな。二階で手続きを踏まないといけないはずだ」

「では手続きから済ませましょうか」

というわけで、二階へと向かった二人は早速手続きを始める。

券売機で学割が使えたため利用すると、晴也は次に表示された画面を見て目を見開いた。

「……そういう感じか」

「どうされたんですか？」

「学割に加えてカップルだと更に割引きが適用されるみたいだ」

券売機の画面を覗き込んで晴也の話を聞くと沙羅はほんのりと頬を赤らめた。

「……色んなセールがあるみたいですが、カ、カップルのものもあるんですね」

どうする？　と沙羅に尋ねると沙羅は「お得なほうがいいに決まってます」と頷いた。

一度、周囲を見渡してあまり人がいないのを確認してからカップル用のチケットを購入する。

安いほうが晴也としても経済的に助かったのだ。

そのチケットを入場時に従業員に手渡したところで、晴也は沙羅に尋ねる。

「まずどこから行こうか……行きたい場所とかってある？」

「そうですね……あっ、あれやってみたいです」

案内板をしばらく見つめてから、沙羅はこの館内の中央に位置しているスケート場を指さした。

「……一度もしたことがないので経験としてしてみたいな、と思いまして。いいですか？」

「俺も小学生の時以来だな、ローラースケート。じゃあやってみるか」

二人とも慣れていないということで不安は残るが、早速防具を身に着けていく。

こういうのは慣れていたり、得意だったりするスポーツをしたがるものかと思ったが、意外と沙羅は冒険家のようだ。

準備を終えた二人は早速スケート場に向かう。

「じゃあ、滑るか」

「は、はい――」

早速、晴也はスケートリンクを一周してみようとしたところで気づいた。

沙羅の足が震えていてなかなか滑りだせそうにないことに。

見れば沙羅は壁に身体を寄せてしまっている。

「……大丈夫？　姫川さん」

「すみません、思いのほか怖いものですね」

「初めてなら仕方ないと思う」

「小学生以来だそうですが……浅井さんはお上手ですね」

晴也が思いのほか滑れているのを意外に思ったのか、沙羅は目をぱちと見開いた。

「自分でもびっくりだけど、意外と感覚を覚えているみたいだ」

「……良ければコツとか教えてもらえないですか？」

「変に怖がらないことじゃないかな。危機意識のせいで滑れなくなってる感じはするし」

現に大人達よりも小さな子供達のほうがスイスイと滑れているのが目に留まる。

子供は転倒のことなど意識しないが、成熟した大人になると常にケガのリスクを考えてしまう。

当然と言われれば当然のことだが、スケートにおいては遅く滑るよりも速く滑るほうがリスクは少ないのだ。

「——というわけだから、思い切って滑るのがいいと思うから、俺は先に滑っといていいか？」

滑りのお手本を見せるためにも晴也はそう提案したのだが、沙羅は小さくふるふると首を横に振った。

「だ、駄目です」

「………………」

一人にされるのが不安なのだろうが、それだと晴也も身動きが取れない。

どうしたものか悩んでいると、名案と言わんばかりに沙羅は晴也の服の裾を摑んできた。

「そのっ、まず滑るのに慣れたいので、浅井さんにリードしてもらっていいですか？」

つまり、一人だと滑ろうにも怖くて滑れそうにないので、まず晴也に摑まって滑るのに慣れたい。

というのが……沙羅の魂胆である。

「いや、俺も滑るのに慣れてるわけじゃないからなぁ。それにいくら防具をつけているといっても危なくないか？」

「壁伝いでもいいので……お願いします」

控えめながらも、必死に訴えてくる。

正直言って、沙羅がなぜそこまでして滑りたいのかが晴也としてはよく分からなかった。

もちろん好奇心から滑ってみたいと思っているのかもしれないが、怖いことにチャレンジする理由としてはイマイチだろう。

気になった晴也は沙羅に聞いてみることにした。

「……俺としてはいいんだけど、そこまでして頑張る理由ってなにかあるのか？」

「こ、子供達が楽しそうに滑っているからです。慣れたら楽しいんだろうな、と」

「……なるほど」

周囲を見渡せば子供達が楽しそうに滑っているのが見て取れる。

それに、と沙羅は付け加えた。眉を寄せきゅっと口を結ぶ。

「子供にできることをできないままで済ませたくないじゃないですか……！」

負けず嫌いなのか沙羅は頬を一瞬だけ膨らませた。

それからすぐにいつもの作ったような表情に戻る。

「……っぷ」

沙羅の意外な一面を見た晴也は思わず笑みを零した。

「わ、笑うことないじゃないですか……」

「ごめんごめん」

思ったよりも子供っぽい沙羅は、ムッと頬を膨らませたままだったが、やがて伏し目がちに、晴也の服の裾を摑んだ。

「……では失礼します」

「じゃあ、ゆっくりと壁伝いで滑ろうか」

「……は、はい」

わずかに緊張する沙羅を見やると晴也も何だか気恥ずかしくなってくる。

かくして沙羅のローラースケートで滑る練習が始まった。

（全然滑れもしないと、勝負が成立しないからな……仕方なくだ、仕方なく）

――ゴロゴロ、ゴロゴロ。

リンクにはスイスイと滑る亜麻色の髪を靡かせる美少女の姿があった。

スケート場は屋内スペースなこともあってか人目につきやすい。

利用者の多くが彼女の美貌としなやかな滑りに目を奪われていた。

「滑れましたよ！　滑れました。楽しいです、浅井さん」

「飲み込みが早いなぁ……」

練習を始めてから二十分足らず。

滑ることへの恐怖心をなくした沙羅は、すっかり晴也のサポートなしで滑ることができるようになっていた。

（……いや、成長速度やばすぎないか？　まあおかげで助かりはしたけどな……）

危なげなく滑っている沙羅を眺めつつ、晴也はふと沙羅と滑っていた時のことを思い返す。

先ほどまで晴也の服の裾にしがみついていた沙羅のことを。

今でこそ、華麗に滑りこなしている沙羅であるが、少し前までは裾だけでなく腕にまでぎゅっとしがみついてきたほどだったのだ。

時には豊満な胸が腕に当たったりして変な気分にさせられた晴也。

むにゅ、むにゅ。

と、時折沙羅が晴也に密着してくれれば背中に柔らかな感触を感じることもあり、心臓がバクバクして冷静ではいられなかったのだ。

その時間が終わって内心、ホッと晴也は安堵の息を零す。

（……あの感触はやばかったからな）

そのため、沙羅が早くコツを掴んでくれて良かった。

などと、しばらく考えていると、壁際に佇んでいる晴也のもとへと沙羅が戻ってくる。

「浅井さんも滑りましょうよ！」

上機嫌な様子でそう言ってきた沙羅。

沙羅に尻尾がついているなら、さぞピョコピョコと跳ねていることだろう。

「よし、なら勝負でもするか？」

「しょ、勝負です？」

不意に沙羅の瞳がぱちと見開かれる。

「先に二周回れたほうが勝ちってルールで」

そう言うと沙羅は挑戦的な笑みを浮かべて「ぜひ！」と答えた。

（……ようやくこの時がきたな。俺の評価を正当に判断してもらう時が）

晴也は内心でニヤリと口角を吊り上げた。

（容赦なく勝たせてもらおう……！）

＊＊＊

リンクを何周か回って勝負したところで二人は十分満喫したらしく、ローラースケートは止めることにした。

それからマシンバッティング、バドミントン、卓球、ゴルフなど、多くのスポーツで勝負をやるなどして大型娯楽施設を堪能した二人。

ことある毎に勝負をしかけた晴也だったが、結果としては晴也の全敗に終わった。

どれも手加減などせず、全力を尽くして勝負したにもかかわらず、まるで歯が立たなかったのだ。

（……情けないことこの上ないだろ、俺）

と、あまりの結果に落胆する晴也。

もっとも、晴也の目的は沙羅にそこまで自分ができた男性じゃないことを知らしめることのため、計画通りではあるのだが……。

（でも、弱すぎて……できない人って評価下げられるのはなんか辛いな）

悔しさと己に対する情けなさが同時に胸の中に渦巻いている。

「それにしても、姫川さんは運動神経がいいんだな……」

休息場所を求める最中で、晴也は感心したことを沙羅に告げた。

その言葉を受けて、沙羅は目尻を下げほんのりと口角を上げる。

「私は他ならぬ姫川家の娘ですからね」

無意識だろうが、これくらいのことはできて当然と言わんばかりのドヤ顔を向けてくる。

だが、晴也としては沙羅の発言に引っかかることがあった様子だ。

「……家柄とかは別に関係ないんじゃないか？」

きょとんとした表情で晴也が言うと、沙羅の足がピタリと止まる。

「………え」

「姫川さんが運動できることと家柄のことって関係ない気がするけど」

固まる沙羅に続けて晴也が言うと、彼女は少しの間、沈黙しきゅっと口を結んだ。

「わ、私の家は守旧的で厳格な伝統ある家柄でして……だから、そのっ、勉強もスポーツもできて当然なんです」

「確かに全く関係はないことはないかもしれないな。ごめん、そこは訂正する」

姫川家がどんな家柄なのか、実態は分からないもののイメージから察することはできる。

典型的と言ってはなんだが、守旧的で厳格な家庭と聞くに「○○家の名に恥じないようにしなさい」と厳しく教育された背景が窺えた。

だが、そうだとしても……。

「俺だったら、すぐに逃げ出したり反抗したりしそうだからな。家の方針だから、とは言っても簡単にこなせることじゃないだろ」

いくら周囲が頑張れ、と励ましたり良い環境を提供したりしたとしても、最後に頑張るのは自分自身なのだ。

もちろん、環境なども大事な要素なのには違いないが、周囲からの期待から逃げ出したくなったりしてしまうこともあるものだろう。

やりきった本人が凄い、と認めるべきだと晴也は強く思っていた。

(……それに、なんというか姫川家の娘だから俺が全敗した、というのも釈然としないからな)

つまるところ……。

「まあ、姫川家の娘だからじゃなくて、他ならぬ姫川さんだから凄いんだと……俺は少なくともそう思う」

晴也は力強く言い切った。

すると、沙羅は大きく瞳を見開き、それからはっとした表情を浮かべて話題を変えてき

た。

それこそ照れ隠しのように……。

「ありがとうございます……」

消え入るほど小さな声で伏し目がちに言って続ける。

「……あっ、あれやってみませんか？」

沙羅が露骨に話題を変えたことに自分の発言の痛さを実感しつつ、彼女の指さしたほうを見やる。

思わず晴也は目を細めた。

「……大丈夫か？　あれ、結構怖そうだけど」

沙羅が指さしたのはホラー感満載なガンシューティングゲームだった。

プレイしたことはないが、筐体(きょうたい)の外観からして怖そうなのは一目瞭然である。

「怖いのいけない感じですか？」

「俺はいけるけど、姫川さんは大丈夫なのか？　こういうのって女子は大体、苦手なイメージがあるけど」

「私、ああいったゲームはしたことないのでやってみたいんです」

きゅっと自分の胸元を摑んで言う沙羅。

その仕草から緊張しているのはよく伝わってくる。

沙羅は顔を強張らせ、息を詰めていた。

ローラースケートの時にも感じたことだが、意外と沙羅は冒険家の思考をお持ちのようだ。

「ホントに大丈夫？」

「大丈夫です……」

再度確認を取ると、晴也は沙羅と共に箱型の筐体へと入った。

席に座ってしばらく画面を操作していると、沙羅が手前に置かれている銃を手に取った。

まじまじと興味深そうに見入ってから一人、その場で沙羅は頷く。

「……なるほど。これでゾンビを撃つ感じなんですね」

心なしか声が震えているような気もしたが、沙羅はどこか好奇心に満ちた瞳をしていた。

「……おっ、このゲーム。心拍数を測ってくれるらしい」

「つまりどれだけ怖がったか、お互いに分かるということですね」

そう言って不安そうな瞳をこちらに向けてくる沙羅。

心拍数が出るとなれば、どれだけ強がってみせてもビビったことがバレてしまうことになる。つまりこのゲームは臆病者をあぶりだす仕様になっているらしい。

「こちらも、勝負しますか？」

それでも沙羅は強気に提案してきた。

「もちろんだ。心拍数が多いほうが負けってことで」

「はい！」

「俺は今のところ全敗だからな、次こそは勝たせてもらう」

「望むところです」

かくして、二人はガンシューティングゲームに臨むこととなった。


この手のゲームをやってみて抱いた感想は、ホラーで恐怖心を煽るというよりもビビらせることに焦点を置いているな、といったものだった。

声を上げたりはしなかったが、突然目の前にゾンビが現れたとき、筐体が揺れる仕様になっていたため思わず身体が震えたりしてしまったのだ。

ただ大量のゾンビが襲ってくる際、ゾンビの顔がドアップで強調されるので、ホラーの側面も大きかったようには思える。

一人だったら間違いなく逃げ出しそうになったに違いないが……。

『……ひっ、ゆ、揺れるなんて聞いてないです！』

『浅井さん、ゾンビが……ゾンビが倒せません』

『あ〜もう私、画面見たくないです……目つむってます』

と、沙羅の反応がいちいち可愛らしいと思わされたこともあり、怖さはありがたいことに紛れていた。

一プレイを終えると、二人の心拍数の結果が画面に表示される。

結果を見た晴也は小さくガッツポーズを作って沙羅に声をかけた。

「姫川さん、俺の勝ちみたいだ」

(勝った、勝ったぞ……ホラーゲームでな)

内心でほくそ笑み、最終的には「はあ」と溜め息をつく晴也。

自分の情けなさを再び痛感させられたようだった。

「……あ、あれ？　姫川さん」

「……だ、大丈夫………で、す」

口では言い張っているものの、顔色を見やれば全然大丈夫そうではない。

蒼白(そうはく)な顔をして唇が震えてしまっている。

筐体から出れば、沙羅は両足を抱えてその場に小さくうずくまった。

小刻みに身震いしているのを見るとよっぽど怖かったようだ。

晴也は評価を上げてしまう行為であるため、声をかけるのはやめておこうと思ったが、

良心が痛んだためか反射的にこう声をかけてしまう。

「その、手……貸そうか？」

内心で「だからやめておけばよかったのに」とは思ったが、きっとそれは本人が一番痛

感していることだろう。

手を差し出すと、沙羅はきゅっと晴也の手を摑む。

心なしか沙羅の手はひんやりと冷えているような気がした。

晴也は沙羅の手を握り返すと、手前に引いて彼女を立ち上げさせようとする。

……だが。

「あの姫川さん、手は？」

沙羅を引き上げて手を放しても、沙羅が晴也の手を放してくれる気配はなかったのだ。

思わず声をかけるも直後、潤んだ瞳を彼女から向けられる。

「す、すみません……少しの間、手を握っててもいいですか？」

手を握られたまま言われてもな。

と、苦笑を浮かべるが、怖がって瞳を潤ませる沙羅を見ると断ろうにも断れそうにない。

晴也は困ったように後頭部を掻きながら小さく呟いた。

「……まあ、仕方ないな」

ここで手を無理にでも剝がせたら沙羅の好感度を落とすことはできるだろうが、そこまでして……あからさまに嫌われるように振る舞うことはしたくなかった。

（はあ、嫌われない程度に自分への関心をなくさせたいんだろうな、俺って）

溜め息をついて、自分の都合の良さに嫌気がさした、そのときだった。

先ほどの女の子と鉢合わせることになったのは。

「あ、はるやーだ。はるやー」

「こら、実優。勝手に移動しないの……！」

晴也と沙羅の視線の先で――ある親子連れがこちらに近づいていきたのだ。

その親子連れは、晴也が今日の昼頃に声をかけた迷子の幼女とその母親だった。

「あ、あの子は……知り合いですか？」

「いや、気にしないで姫川さん」

不思議そうに首を傾げる沙羅を見ながら……晴也の胸の中には焦燥感が渦巻いた。

晴也が懸念する理由。

それは迷子の幼女――みゆうの「はるやー」との掛け声があったから。この親子連れには本名を知られてしまっているからである。

今、晴也にできることは、沙羅に自分の正体がバレないように努める――これだけだ。

思わず冷や汗をかいていると、みゆうはこちらの考えなんて配慮できるわけもなく近づいてきた。

――そのタイミングでちょうどみゆうの母の携帯が鳴り、みゆうの面倒を一時的に見ることとなる。

「まま、はるやーがてつないでるよ？　はれ、いつのまにかおでんわちゅうだ」

無邪気そうに懐いてくるみゆうに、晴也は苦笑を浮かべることしかできなかった。

みゆうに指摘されたところで沙羅は慌てて晴也の手を放す。

どうやら『手を繫いでいる』と、周囲から言われることには抵抗があるようだった。

「はるやー、このひとがはるやーのおよめさん？」

「お嫁さんではないかな……」

「えーじゃあおともだちなの？」

実際、晴也は沙羅との関係については勝手に「因縁の相手」だと思い込んでいる。

が、幼いみゆうに「因縁の相手」と言っても意味は伝わらないだろう。

そのため、晴也はみゆうの発言に頷いたのだが……。

「あっ、そこのおねえちゃん……かおあかい」

と、沙羅はみゆうに指摘されていた。

なぜ友達と言われて沙羅が顔を赤くさせるのかは晴也には分からなかったが、そんな晴也に対して沙羅は……。

（お友達……私と浅井さんはお友達みたいです……！）

内心では満更でもない様子を見せていた。

しばらく余韻に浸っていると、沙羅は気づいたことがあったのか晴也に尋ねた。

「あの、浅井さん……ところで「はるやー」ってなんですか？」

「っ……スウ――」

晴也は思わず冷や汗を流して慌てた。

（気づかなくていい、気づかなくていい……）

取り乱さないように大丈夫、と自分自身に言い聞かせる晴也。

「これは、ほら、俺って明るいじゃん？　だからあだ名で「晴れるような男」からきて「はるや～」って呼ばれてて」

「あ～そうだったんですか。てっきり浅井悠って名前が実は偽名だったのかと思っちゃいました……」

「……っ」

事実である。だが晴也は必死に取り繕うことしかできない。

本名を知られるわけにはいかない、正体がバレてしまうから……。

「いや、そんなわけないじゃないか、うん……ホントにそんなわけないのにな」

一人、何度もその場で「うんうん」と頷く晴也。

「――そろそろ、時間だし姫川さん行こう」

まだ誤魔化せる。そう思ったところで早めの退散をしようとしたのだが――。

そのタイミングで電話から帰ってきたみゆうの母が、余計な一言を漏らすのだ。

「すみませーん。今日の昼の迷子の件といい……先ほどから娘の相手をしてくれていることとといい、赤崎さん、本当にありがとうございます」

「………」

このみゆうの母の発言で頭が真っ白になる晴也。

そんな晴也を見て、沙羅は特に追及することはなく、「赤崎？　……赤崎？」と確認するように何度もその場でぽつりと呟いた。

（……詰んだ。これはさすがに誤魔化せないだろ……）

幼女のみゆうの発言ならまだ誤魔化せたが、その母が出てくるとなると話は別である。

相手は大の大人なのだ。

偽名を使っていると知られれば不信感を抱くに違いない。

そのため、こうなってしまった現状で晴也ができることは一つ、これ以上ボロが出ないようにすること。

その一点だけである。

「姫川さん、そろそろ時間だから、俺達、移動するぞ……」

言っても移動しそうにない沙羅の手を摑んで移動しようとするも、沙羅は動いてくれそうになかった。

「はるやー、おねえさんにらんぼうしちゃだめ」

と、そこで幼女のみゆうが至極当然な指摘をしてきたため、晴也は「ごめんな」と目線を下げて答えたが、このみゆうの発言が晴也にとっての悲劇の一因となってしまうのだ。

「こら、みゆう。晴也お兄ちゃんでしょ？」

みゆうの母が、親としては正しい言葉をみゆうに発したのである。

「はーい、はるやおにいちゃん」

どこかいじけたような「お兄ちゃん」呼びに、普段ならぐっとくるものがあっただろうが、今の晴也はそれどころではなかった。

晴也は内心で頭を抱え込み、絶望の声を何度も漏らす。

（……これはどうすればいいんだ……もう無理だってこれは）

晴也の脳裏で思い返されるのは、先ほどの自分の取り繕った発言。

「これは、ほら、俺って明るいじゃん？　だからあだ名で「晴れるような男」から来て「はるやー」って呼ばれてて」との発言だ。

この適当な理由付けが「晴也お兄ちゃん」との呼び方になってしまったことで、あだ名呼びでないことが判明してしまったのだ。

もっとも、最大の戦犯と呼ぶべきはみゆうの母親だが……責めることはできない。できるわけもない。

まずい、やばい、と何度もその三文字が脳内を埋め尽くす中でのことだった。

「あっ、もう時間がないみたいなのでそろそろ私達はお先に失礼しますね」

「ばいばい、はるやー。じゃなくてはるやおにいちゃん」

時間を確認すると、急ぎの用があったのか、みゆうの母とみゆうはすぐさまその場を後にしていく。

——残されたのは、晴也と沙羅の二人だけだ。

(さて、今日は楽しめたし帰ろうか！)

なんて内心で言い聞かせながら歩きだそうとすると、晴也の服の裾がきゅいっと摘まれた。

「ま、待ってください……浅井さん。じゃなくて赤崎さん」

「……………」

気まずい空気があたりに充満するのは、本名バレしたから。

そして、同時に偽名だったこともバレてしまったからに他ならない。

色々聞きたいことはあるのだろうが、沙羅はまず遅刻した件について触れてきた。

「えっと……お話聞いてて思ったことなんですけど、今日の遅刻は普通にされたのではなくて……みゆうちゃんが迷子なのを助けたからだったんですか？」

「え？　ああ、まあそうだけど」

「言ってくだされば よかったのに……」

沙羅はそれだけ確認を取ると、満足したかのように笑って前を歩きだした。

「……え？」

晴也は思わず呆けた声を漏らす。

もっと他にも追及されておかしくないと思っていたからだ。

「思わぬ収穫でしたが、別に偽名を使われてたことには怒ってないので安心してください」

「……ごめん、事情が色々あってな」

クラスで目立ちたくない。学校に関わることで面倒なことは起こしたくない。

その感情が晴也を支配している。

「はい、分かりましたから安心してください……」

そう言って温かい人間味のある笑顔を浮かべる沙羅。対する晴也は全くもって安心などできるはずもなかった。

なにせ今後の学校生活がかかっているからである。

ただ、一つだけ晴也ができることは……学校で下手に沙羅と接触する機会がないことを祈ることだけだった。

（……はあ、本当に頼むぞ、神様）

晴也は内心で神頼みをすることしかできなかった。

＊＊＊

翌日の朝。

全く快眠できずに朝を迎えた晴也は、いつも以上の睡魔を抱えたまま高校へと向かうことになった。

昨日のデートから帰宅したあと。

晴也は何度も沙羅に「俺の正体が分かっても絶対言いふらさないでくれ！　頼む！」と何度も懇願して「分かってます笑」とのメッセージを貰っていたが、それで不安が取れるほど小さな問題ではない。

学校に着くと、自席で今日はいつも以上にS級美女達の話の内容に聞き入る晴也だったが、耳に入ってきた範囲では、沙羅が取り立てて晴也の正体について話している様子はなかった。

……が、どうにも理想の男性像を主題に話しているらしく、S級美女達がそれぞれ意見を交わしている様子であった。

「――沙羅はどんな異性が理想なの？」

その問いかけを口にしたのはどこか退屈さを漂わせている結奈であった。

「困っている人を助けたことを遅刻の理由にしない人とかカッコいいと思うんですよね……」

「うーん、沙羅ちん。例えばそれどんなシチュ？」

凜が可愛らしく首をこてん、と傾げた。

すると、沙羅は昨日の晴也と過ごした時間を思い返しながら口を開く。

「例えば迷子の女の子がいたとして、その子を助けて、それがきっかけで遅刻することになったとするじゃないですか。それを遅刻の理由にしないで隠してるってことです」

「……やけに具体的だね」

「でも、そういうのってこう……さりげなくやってる感じがするよね。表に出してないわけだからさ」

黒髪を靡かせる結奈の発言に、沙羅は「そうですそうです！」と強く頷いた。

「隠れてしてる優しさってことかー、うん、確かにカッコいいかも。他には？」

「何事にも全力を尽くしてくれる人ですかね？　ちょっと子供っぽいところがある人もカッコいいと思います」

それは晴也が大型娯楽施設で勝負を持ちかけてきたときのこと。

晴也は全力で勝負を挑んできて盛り上げようとしてくれた。

そう、沙羅の瞳には晴也の行動はそのように映っていたのである。

沙羅の発言を受けて、結奈は思案するように顎に手をやった。

「何事にも全力、か。たしかに応援したくなる感じはするかも。それって勉強とかスポーツとか?」

「勉強ももちろんありますけど、どちらかというとスポーツとかのほうが、汗をかくことでその人の努力が目に見えるのでいいかもしれないですね……」

晴也の姿を思い起こしながら沙羅が話すと、凜は目を細めてニヤニヤと口角を緩めた。

「へえ、沙羅ちん。結構具体的だしなんか嬉しそうだね! それ実体験だったり? 例の人のさ」

「……秘密です」

「えー秘密かー」

「……沙羅、すごく楽しそうだね」

「はい、今はすっごく楽しいです」

と、いった具合に話題をS級美女達は繰り広げていたのだが——そんな中、晴也は羞恥プレイに顔を思わず赤くしないようにすることで必死だった。

自分の過大評価された行動が称賛されるのを自分がいる前で聞いてしまう、これは羞恥プレイと呼ぶ他ないだろう。

晴也はふと、沙羅の理想の男性像の話を思い返した。

『助けたことを遅刻の理由にしない人とかカッコいいって思うんですよね。例えば迷子の女の子がいたとして、その子を助けて、それがきっかけで遅刻することになったとするじゃないですか。それを遅刻の理由にしないで隠してるってことです』

（それ俺じゃん……しかもそれに関しては捏造ではない事実だから否定できないし）

『他には何事にも全力を尽くしてくれる人のことですかね？　ちょっと子供っぽいところがある人もカッコいいと思います』

（これも自惚れじゃないと信じるが……俺がことある毎に勝負をしかけたことを言ってるんだろうな。全部、本気で取り組んだから汗も多少はかくことになったし……）

と、自分のことを言ってるんだなと確信して突っ込むと、羞恥で顔が少し熱くなっていくのを晴也は自覚した。

——その時である。

ガラガラと扉が開かれたのと同時に大きな声が耳に届いた。

「お前らー席つけー」

担任の常闇明香の登場である。

二十代半ばの国語担当の女性教師で、身長１６５センチと女性にしては高身長でスーツ姿がサマになっている担任である。

今の時間帯はいつものホームルームが始まる十分前であるが、明香は教卓の前に立ち、雑談で賑わっているクラスメイト達に席に座るように声をかけた。

「今日は最後の授業で他クラスとの交流会があるからな。その説明をしとく」

きっと今日のホームルームが早めなのはその他クラスとの交流会の説明が影響しているのだろう。

(おいおい……初耳じゃね……)

(他クラスとの交流だって……すごく面白そう)

(他のクラスと交流が図れる機会ってそんなにないから楽しみだよな……)

生徒達からそんな期待に満ちた瞳が明香に向けられた。

関心を持つ生徒達をよそに、教師の説明をざっと聞き流す晴也だったが、他クラスとの交流会の要点を纏めると以下の三つだけだった。

・時間内に体育館に集まること

・四回、ローテーション形式で他クラスの人と交流を図ること(※ただし同じクラスの者同士になることもある)

・3分間、コミュニケーションをしっかり取ること

これらがざっくりとした概要である。

他クラスとの交流会に相も変わらず生徒達は騒いで興味を示していたが、晴也は気にも留めていなかった。

自分にこういったイベントは関係ないだろうと晴也は高をくくっていたからだ。

（そんなイベントより姫川さんの動向が気になって仕方がないな……）

晴也はふと席近くに座る沙羅に目を向け、内心で溜め息をついた。

＊＊＊

午前の授業を終えて迎えた、昼休み。

晴也は人がいないのを確認してから洗面所でお洒落を決め込み屋上へと足を運ばせた。

こうして昼時に屋上に向かうのも、もう慣れたものである。

扉を開けると、新鮮な空気を吸えて晴れやかな気分にさせられるものの、今の晴也の心境としては焦燥、絶望などといった負の感情しかなかった。

「あっ、浅井さん……じゃなくて赤崎さん」

屋上で重くなっている足を運んでいくと、すぐさま沙羅の姿が確認できた。

振り返って晴れやかな笑みを浮かべ、「こっちです！　こっちです！」と機嫌よく手をヒラヒラと振ってくる。

「……っ」

息を呑み、おそるおそる晴也は沙羅のもとへと足を運ばせた。

正体がバレたかどうかはまだ定かではないものの、本名がバレている以上……時間の問題なのは明白である。

これまでは敢えて沙羅の隣に自分から率先して座ることはなく逆に離れて座っていた晴也だが、もう沙羅の評価を下げて自分への関心をなくさせるのは得策ではないため、沙羅の隣に自分から座った。

今の晴也に求められていること。

晴也が平穏に学校生活を送るために今できることは、なるべく噂を広めないようにすることだけだ。

……つまり、沙羅に口止めをする。

これしかなかった。そのため改まって晴也は沙羅のほうを向いて――。

「……俺のことは誰にも言わないでくれないか？　頼む」

真剣な表情で訴えかけるように懇願すると、けろっとした様子で沙羅は頷いた。

「昨日のメッセージでも言った通りですけど、そんなことはしないですって」

「……いや、でも」

内心で「クラスでは名は伏せてるけど俺のこと話してるじゃん……」とは思ったが、ぐっと堪えて晴也は俯く。

そして素朴な疑問を沙羅に問いかけた。

「でも、何で偽名だってわかってるのに詮索しないんだ？」

「赤崎さんが詮索してほしくなさそうだからです」

それに、と付け加えて説明する沙羅。

「私、自分から調べて赤崎さんの身元を特定するんじゃなくて、昨日みたいに知るにしても偶然知れたらいいのかな、と思いまして……」

沙羅は夢見る乙女そのもの。

内心では運命的な出会いや恋愛に恋い焦がれているのだ。

自分で行動してなにかをつかみ取ることをもちろん否定はしないが、運命を感じられるのは自分から行動せずとも勝手に知る機会に恵まれることだと考えているのだろう。

だから、沙羅は晴也の正体を調べることはせずにいずれ知る機会がくると信じ……ることにしたのだ。

沙羅への疑念は残ったが、晴也はひとまずは沙羅の言ったことで納得することにした。

現に沙羅の口から自分の本名がクラスで出たことはなかったからだ。

同級生なのに名前を覚えられていないあたり、晴也の影の薄さが窺えるだろう。

自分の存在感、影の薄さに今や晴也は救われていた。

「──それでは、赤崎さん。その話は置いといて……お昼でも食べましょう」

「姫川さん、ホントに明るくなったよな……」

機嫌がすこぶるいいのかもしれないが、初対面の時に感じた沙羅の印象と今の印象とでは大違いである。

初対面の時は自分に自信がなさそうな子だ、という感じだったが、今では快活になったからか自然と自信に満ち溢れているように感じられたのだ。

だからこそ、沙羅は「運命」を信じられているのかもしれない。

「それもきっと赤崎さんに出会えたからだと思います……」

確信に満ちた瞳を向けられて、晴也は思わず顔を逸らした。

(どう考えても大げさなんだよなぁ……)

と、晴也は思ったものの、沙羅にそれを言ったところで否定されてしまうのは目に見えているため、苦笑いで晴也はその場を誤魔化した。

沙羅の弁当をご馳走になりながら話すうちに、自然と「他クラスとの交流会」の話題に移行する。

「──赤崎さんのところは他クラスとの交流会の話、ありました？」

「あった」か、「なかった」かで答えるなら「あった」である。

(というより、あなたと同じクラスだけどね、一応)

そう言えたら楽だろうが、晴也は素知らぬフリをして答えた。

「あったよ、一応」

「そうなんですか？　他クラスとの交流会はローテーション形式らしいですけど新鮮ですよね」

（それ、完全に合コンと同じシステムだよな……いや、合コンが実際どういうものなのかは知らんけど）

と、内心で思いつつ晴也は「楽しみ」だと適当なことを言って誤魔化した。

「実際にローテーションでは同じクラスの人と当たることもあるそうですけど、それあったら嫌ですよね」

「あ〜うん、すっごく分かる」

「ふふっ、そこだけ凄く共感なされるんですね」

勢いよく首を振った晴也に沙羅はくつくつと口に手をやって笑った。

（……いや、主に姫川さんと当たりたくないんだ）

と、思った晴也だったが、対する沙羅は内心で「ないだろうな……」と思いながらも僅かながら期待していたのだ。

（……他クラスとの交流会で赤崎さんと当たることができればいいんですけどね）

ニヘラ笑いするのを堪えながら上品に振る舞う沙羅。

そんな沙羅をどこか残念なものを見るような目で晴也は見つめていた。

(……姫川さんの思い通りにはいかないからな、絶対)

晴也は内心でそう願いながらも、沙羅の弁当を頬張っていく。

――その際。

「……あっ」

晴也は弁当を零してしまい、小さなシミを制服に作ってしまう。

「だ、大丈夫ですか？　ティッシュ、お使いください」

「ごめん、面目ない」

すっと沙羅はすぐさまスカートのポケットからティッシュを取り出して晴也に差し出してくる。

晴也はそれを受け取りながら、内心で動揺を隠せない自分に溜め息をついた。

(……名前バレして相当気が滅入ってるな、俺)

そう思いつつ、晴也はそのシミを気に留めることはしなかった。

＊＊＊

さて、午後の授業も終盤を迎えて始まることになった「他クラスとの交流会」。

ガヤガヤと賑わう体育館への道すがら、晴也の側に立っている風宮がヒソヒソと耳元で話を振ってきた。

「……ドンマイだよな、俺らのクラスってS級美女達が固まってるからさ」

「……聞いてないって」

「他のクラスにも可愛い女の子はいるだろうけどよ、S級美女達ほどではないっていうか」

「でも、人数の問題で同じクラスの人と当たることもあるって言ってただろ？」

晴也がそう指摘すると、風宮は「へぇ」と面白そうにほんのりと口で半弧を描いた。

「赤崎は姫川さん狙いだったもんな……」

「おい、違うって話だっただろ。それにもう着くから静かにしたほうがいいって」

「そうだな。可愛い子と当たったら後で教えてくれ」

余計な一言を振りつつ接してきた風宮を適当にあしらうと、目的地の体育館に晴也を含めたクラスメイト一行はたどり着く。

体育館の中は期待と不安で喧噪（けんそう）に満ちていたが、自然と晴也の気持ちは落ち着いていた。

やがて喧噪が落ち着きを見せ始め、体育館に出入りする生徒がいなくなったところで他クラスとの交流会の内容説明を学年主任の教師はし始める。

（……まあ、気楽にやってくしかないな。姫川さん以外と当たれば問題ないし）

＊＊＊

結論から言ってしまえば……晴也の思惑は外れてしまうことになった。

交流する生徒の数は合計で四人。

上下左右……どのようにローテーションしていくのかは明らかにされていないものの、端的に言えば、計四回の危機を切り抜けばいいわけである。

大勢の生徒がいる分、沙羅と当たる確率は極めて低いと言えるだろう。

そのため、晴也はまさか沙羅と当たるわけがない、と高をくくっていたのだが結果をご覧いただこう。

――まず一人目。

他クラスの男子と晴也は当たった。

趣味がＦＰＳのゲームらしい。名前はたしか宮井（みやい）……あれ、なんだっけ。一方的にゲームの話をされたことだけ憶えていた。

自らの記憶力に頭を抱えたくなるかもしれないが、それほど今の晴也には余裕がなかったのである。

――続く二人目。

今度は他クラスの女子生徒であった。話が絶望的に弾まずに空気が死んでいたことだけは覚えている。

（すみません……俺なんかと当たってしまって）

内心で謝りつつも、晴也は沙羅と当たらなくて良かったと安堵の息を零していた。

そして、三人目。

今度も他クラスの女子生徒と当たり、髪の長さを指摘される。

ずっと「ウケる、ウケる」と言ってたのだけは憶えている。晴也は「それ、適当に言ってるだけだろ」と思っていた。

そして最後、四人目。

ラストを迎えた時——晴也にとっての悲劇が訪れてしまうのだ。

そう。最後のローテーションで正対することになった女子は、他ならぬ姫川沙羅だったのである。

「よろしくお願いします……！　私は姫川沙羅です」

「よ、よろしくお願いします……名前はあかざきです」

晴也は内心で神を恨みながらも、声を低くしなるべく顔を見られないように振る舞った。

名前も「あかさき」ではなく「あかざき」と名乗ってカモフラージュも加える。

もっとも、苦し紛れの策なのには変わりないのだが……。

「ちょっと声が小さくて分かりづらかったんですけど、あかざきさんですね」

どうやらまだ気づかれていないらしい。

「はい、お願いします」

「お願いします」

本当はお願いせずに今すぐ抜け出したいところだが、そうもいかない。

晴也は冷や汗を流しながらも、沙羅と接触していく。

「髪が凄く長いんですね、あかざきさんって……髪長いの好きなんですか？」

「そ、そうなんですよ……」

「へえ、でも髪長いと手入れってなかなか大変ですよね……」

「そうですね」

と、雑談で何とかその場をやり過ごそうとした時だった。

「そのシミ……」

沙羅は大きく瞳を見開いて固まっていた。

「あ～これはさっき屋上で零しまして……っあ」

声を低く作っていたことで、晴也は失念してしまっていた。

何気なく答えてしまった自分に嫌気がさしながらも、顔が真っ青になっていく。

一方、沙羅は目を丸くし唇をわなわなと震えさせる。

「……ま、待ってください。え、同じクラスなん、ですか？」

「…………」

「…………」

そしてお互いに無言になる二人。

晴也は放心状態となっており「完全に終わった……」と意気消沈していた。

対する沙羅も沙羅で、顔を赤面させ俯くことしかできない。

……が、晴也は脈打つ心音を無視して言葉を紡いだ。

「いや別人ですよ……別人に決まってるじゃないですか」

すると、ムッと頬を膨らませてから前のめりになる。

「それは、無理がありますよ……」

さすがに誤魔化せなかった。

――その日、交流会終了まで二人の間には……気まずい沈黙の時間が流れていた。

＊＊＊

（まさか、同級生だったなんて……恥ずかしすぎます）

その後のこと。

そのまま交流会を終えてから、羞恥心のせいで消えるように逃げたした沙羅は、帰宅してから顔を赤く染めて……ベッドに身を投げ出していた。

(今まで知りもしなかった男子生徒があの赤崎さんだったなんて……)

今でも信じられない、と言わんばかりに沙羅は目を丸くする。

……が、沙羅が羞恥に苛まれてしまうのはクラスで散々、晴也の話をしてしまっていたため、それが彼に聞かれてしまっていたら……との懸念によるものだった。

(あんなの告白みたいなものじゃないですか……うぅ、恥ずかしいです)

枕に顔を埋めて足をバタバタとベッドの上でさせながら、内心で沙羅は声にならない恥ずかしさを爆発させていた。

行き場のない恥ずかしさが次々に沙羅に襲いかかる。

だが、心なしか悪い気はせず、どこか気持ちが幸福感に包まれ、まんざらでもないのは沙羅がますます「運命」を予感したからだろう。

実際、これまでの流れを整理すると、沙羅が「運命」を信じてしまうのも無理ないことだと言える。

ナンパから助けてくれた男性、容姿も自分好み。

その上で再会を果たし、同じ高校だと発覚。それからはデートでも好感度が上がって、実は同じクラスであったことも判明――。

正直言って、できすぎていた。

そのため、沙羅は「運命」を感じ、晴也に無意識のうちに心惹かれてしまっていたのだ。

「はぁ……」

熱い吐息を漏らして沙羅は晴也の名前を口にする。

「……あ、赤崎さん」

名前を呼ぶだけで羞恥に顔を赤く染めてしまうが、幸福感で包まれているのを沙羅は自覚した。

もはや疑いようもない。

彼が同じクラスの生徒だと知った今、沙羅は晴也への好意をはっきりと認識する。

晴也と恋仲になれたら……と思うとドクドクと心臓が大きく高鳴った。

そして言葉にならないほどの高揚感に包まれる。

もし恋人になれたら、手を繋いだり、肌を合わせたり、キスをしたり……。

そんな妄想を膨らませると恍惚（こうこつ）の表情を思わず浮かべそうになる。

――だが、沙羅のその幸せな気持ちに終わりを告げたのは晴也への好意を自覚してからすぐのことだった。

ブーと振動音を立てた携帯。

通知を確認したところで、沙羅の照れくさくも晴れやかな気持ちは瞬時に凍り付いた。

それは、沙羅の父からのメッセージ。

ただ、淡々とした一言。

『見合い相手が決まった。また見合い時期が来たら連絡する』

沙羅は失念していた。

……いや、考えないようにしていた。

この楽しい時間の中で、自分は「姫川家の娘」でしかないことを。

……それ以上に。

(私は私ですね……最初から分かっていたことじゃないですか)

自分の性格の悪さに沙羅は吐き気を催した。

見合い婚がある、と分かっていながら運命的な出会いを望んでしまったのだから……。

見合いによる婚姻が姫川家のためになるはずであるのに……。

沙羅は自嘲するような笑みを一人、自室のベッドの上で浮かべた。

第三章　沙羅のお気に召すまま

nazeka S-class bizyotachi no wadai ni ore ga agaru ken

翌日は朝から鈍色が空を覆いつくしていた。

いつものように登校した晴也は、降りしきる雨の音を遮るように自席で寝たフリをいつものように決め込む。

そして、聞き耳を立てて……S級美女達の会話が聞こえるように意識を研ぎ澄ました。

沙羅の動向が気になって仕方がなかったからだ。

昨日、沙羅に正体がバレてしまったが、彼女が今日からどんな行動をとるのか。

考えないようにしても……どうしても気になってしまう晴也。

沙羅には何度も正体をバラさないよう言質は取っているが、正直言って信用ができたものではない。

そのため、晴也は気が気でなく焦燥感に駆られながらS級美女達の動向を窺うのだ。

「——沙羅ちん、どうしたの？　元気ないみたいだけど」

「たしかに……顔色、良くないけど何か昨日あったの？」

「凛さんも、結奈さんも心配なさらないでください……私は大丈夫ですから」

全然声音からも顔色からも大丈夫そうでない沙羅を見て、凛と結奈の二人は困惑の表情を浮かべた。

力になってあげたい、と思う結奈と凛だが、沙羅の放つ空気から二人は明確な拒絶の意を感じ取っていた。

もっとも、それは沙羅本人が無意識に出しているオーラであって、それを感じ取れる者はほんの一部しかいないわけであるが……。

――誰だって触れてほしくないことの一つや二つはあるはずだ。

とりわけ、その類い稀なるその美貌から特別扱いされることの多かったS級美女達は、周囲の空気を読むことに長けている。

そのため、距離感というもの……つまりお互いに踏み入ってはいけない明確なラインを引いて彼女達は友達をやっているのだ。

普段なら恋バナを遠慮することなく続ける凛。

だが、ここ最近は恋バナに乗り気だった沙羅の沈んでいる様子から、完全にこの話題はタブーだと悟ったのか「ごめんね」と一言謝ってから凛は当たり障りのない話題を提供し始めた。

「ね、ねね！　そういえば、この前出た駅前の店の新商品、すっごく美味しくてさぁ」

「あっ、あのお店……美味しいよね」

そんな話をしつつ凛と結奈はおそるおそる沙羅の反応を窺うが、彼女は心ここにあらず、といった感じで二人の視線にようやく気付くと慌てて笑みを作るありさまだった。

「……友達だから、さ」

ふと何気なく凛がつぶやく。

「困ってることがあったら、何でも言ってね沙羅ちん。力になるから」

「そうね……力になるから」

結奈も小さく頷いて凛に同意を示した。

すると、沙羅は一瞬、瞳を揺らしてきゅっと口を結んでから頭を下げた。

「ありがとう、ございます。ですがすみません……これは私の問題ですから」

遠慮がちに、それでも沙羅は強く言い切った。

ここまで言われては自分達にはどうすることもできないと悟ったのだろう。

取り繕うように、凛と結奈は他の話題で何とか場を持たそうと頑張ったのだった。

（姫川さん、大丈夫かな……）

（明らかに顔色良くないよな……）

（ここ最近、笑顔だったのに急にどうして……）

と、クラスメイト達はといえば、沙羅の変わりように心配の声を上げていた。

さて、そんなS級美女達のやり取りを聞いていた晴也は内心で――。

（……ん？　何がどうなってんだ？）

と、困惑の声を上げていた。

沙羅の元気がないこともそうだが、何より沙羅が恋バナに一切関心を見せなくなったことに晴也は困惑の声を上げる他ない。

昨日までは、あれだけ自分のことを楽しそうに……それこそ、オモチャのように話していたために彼女のことが気がかりな晴也。

（……これはひょっとして、俺の正体がこんな前髪の長い冴えない奴だと知って失望したか？）

と、好意的に解釈してしまいそうになってしまう。

もっとも、それはそれで悲しい気持ちにさせられてしまうのだが。

（……一つ言えることがあるとしたら、精神状態が不安定なのは間違いないよなぁ）

昨日はあれだけ楽しそうに魅力的な笑顔を沙羅は浮かべていたのだ。

だが、今日は心ここにあらず、といった変貌ぶりだと何かあったに違いない。

精神状態が不安定な沙羅を見て、晴也は焦燥感に襲われた。

（いつ、正体がバラされてもおかしくないな……ホントに）

晴也は心配性であった。それほどまでに慎重に対処しなければならない問題なのだ。晴也にとっては死活問題だからである。

正体をバラさない、といった言質があるとは言っても、それはあくまで精神状態が安定している沙羅が言ったこと。

それでも晴也は安心できない。

というのに沙羅の情緒……それから精神が不安定となると溜まったものではなかった。

（……ますます不安になってきたが、こういうのは彼女に相談しようか）

晴也はある人物から助言を貰おうと考えた。

＊＊＊

その日の夕刻、十八時を回った頃。

ほんのりと空は藍色に染まり、外に出れば家の明かりや街灯が目立つようになっている。

お洒落をした裏の姿となって晴也は行きつけの喫茶店を訪れていた。

手伝いとして働いている小日向はメイド服っぽい衣装のまま店長に許可をもらい、休憩時間に常連扱いの晴也と話すことになる。

「――お兄さん、どうしたんです？　私に相談があるみたいですけど」

「ああ、そう。他ならぬ小日向さんに聞きことがあってさ」

「私に聞きたいこと……ですか？　なんですか？　恋バナですか？」

小日向の少々食い気味な問いかけに、晴也は首を横に振って否定した。

それから、真剣な眼差しを彼女に向ける。

「……小日向さんって、その……信頼関係を凄く大事にするだろ？」

「そうですね……」

誰よりも自分のことが好きな彼女はあまり他人を信用していない。

そのため、友達を作ることには消極的だが、彼女には心から信頼できる友達が何人かいる、と以前に聞いた覚えがあった。

あまり他人を信用しない小日向が友達を作れているのには、揺るぎない信頼関係を互いに築けているからなのだそうだ。

だからこそ、晴也はそんな友達と揺るぎない信頼関係を築いている小日向に助言を貰い、沙羅が絶対に自分の正体のことをバラさない確証を得ようと思ったのだ。

詳細を省きながら一通りの話をして、揺るぎない信頼関係の築き方について尋ねれば、彼女はすっと冷たい声で零した。

「そんなの簡単ですよ……相手に絶対的な恩を与えるんです」

思ったよりも冷たい声に晴也は思わずぞっと背筋を震わせた。

「そうです。今の話から想像するにそのお相手さんは律儀な性格をされてるんじゃないですか？」

「そう、だな。律儀な性格はしていると思う」

「でしたら恩を売っておけば信頼関係は自ずとできると思いますよ」

「恩を売る……かぁ」

「はい、一番手っ取り早いのはその方が困っていたらそれを助けてあげることですね……まあ、それが目に見えてたら苦労はしないですけど」

そう言って苦笑を浮かべる小日向だったが、晴也は「あっ」と思わず目を見開く。

すると、そんな晴也の様子を見た小日向は驚いたように晴也に尋ねた。

「え、ひょっとして今、その方が困ってる状況……なんですか？」

「うん、驚いたことに……」

互いに目を合わせて頷きあうと、小日向は「でしたら」と言って人差し指をピンとこちらに突き付けてきた。

「その方の問題を解決してあげることが鍵になると思いますよ」

なるほど、と小日向の話を聞いて晴也は頷く。

「それにしても、律儀な性格で今、問題を抱えている、ですか」

何やら自分にも心当たりがあるかのように小日向は答える。

「……心当たりでもあるのか？」

と、晴也が訊き返せば、コクリとその場で彼女は頷いた。

「はい、実は私の数少ない友達にもそういった子がいまして……」

情けなさを噛み締めるように小日向は晴也のほうを向いた。

「何か力になれないかとは思ったんですけど……駄目みたいでしたからね」

「そう、だったのか」

諦念と自嘲が感じられるような顔つきでそう零す彼女になんて声を掛けて良いのか分からず、晴也は頷くことしかできなかったが、晴也に気を遣ったのか彼女は「でも」と首を横に振った。

「私の友達の問題はきっと本当に私にはどうすることもできないですけど……「その方」なら白馬の王子様になってくれると思いますから」

柔和な笑みを浮かべる彼女に、晴也は思わず首を傾げそうになった。

（その方？　よく分からないけど小日向さん……期待に満ちた瞳をしているな）

よく分からないものの、とりあえずは頷いて晴也は話を適当に合わせた。

「その人が頑張ってくれたら良いな」

「はい、その人にはぜひ頑張っていただきたいんです」

（よくわからんけど、頑張れその人……！）

と、まるで他人事であるかのように内心で応援する晴也だが、このときは分かっていなかった。

その方、というのが他ならぬ晴也自身だということを。

＊＊＊

外はすでに夜の帳が下りている。

すっかりと闇が深くなった夜空をカーテンの隙間から窓越しに眺めながら、沙羅は自分のことを責め続けていた。

（……私、ホントになにやってるんでしょう）

今日の学校では、凜と結奈の二人には自分が普通じゃないことが見抜かれていた。

心配してくれたのに、それでも突き放す言い方をしてしまったことに自分でも嫌気が差す。

（それに、今日は雨だったので屋上には伺えなかったですけど、もし今日会っていたら）

彼にもまた迷惑をかけたのではないだろうか。

そんなことを想うと沙羅の胸はきゅうっと締め付けられた。

（私は姫川家の娘ですから……仕方のないことです）

諦念の表情を浮かべ、ふっと軽く息をつく。

（自信がないわけではなかったんですけどね……）

現に晴也は自分の弁当を美味しいと言って頰張ってくれるし、デートの時だって楽しそうに振る舞ってくれていた、と勝手ながら感じていた。

が、「今更ですね……」と、沙羅は諦念の表情を浮かべて自分自身に言い聞かせる。

（私は運命的な恋愛が許されないですから……だからこそ、私はあの日、赤崎さんと運命的な出会いをしてしまったせいでフィルターがかかったんだと思います）

自由な恋愛が許されないからこそ求めてしまう。欲しくなってしまう。

そんな感情が、晴也と運命的な出会いをしたことで表に出てきてしまったのだと沙羅は感じていた。

（私はきっと憧れていたんです……運命的な……いえ、そもそも普通の甘酸っぱい恋愛に）

そう自己分析すると、沙羅は心なしか気持ちが楽になっていることに気づいた。

（ということは、お見合いまでに普通の恋愛を満喫できればきっとこの気持ちは収まりますよね……）

名案と言わんばかりに閃いた沙羅は、思いつくままに自分のしたい恋愛的なことを挙げ

（放課後にひっそり帰宅したり、一緒に勉強したり、あっ、海にも行ってみたいですね）

普通の恋愛でしてみたいことを沙羅はとりあえずリスト化していく。

挙げると数が多すぎため、できることを絞り現実的なラインを決めた。

……きっともう時間はあまりないと沙羅は思っていたから。

（下校、勉強、海……ですかね）

最初に挙がった候補が現実的だろう、と沙羅は判断する。

外での買い物だとなかなか絞れなかったため学校に限定し……海はちょっと特別感があるのでチョイスした。

何度か確認してこれらに決めると、沙羅は晴也に早速メッセージを送信する。

『夜分遅くにすみません。明日の昼休みに屋上に来ていただけないですか？　最後に頼みがあるんです』

図々しいことは分かっている。でも、これが最後ですから……と沙羅は言い聞かせた。

（……赤崎さん）

切なそうに内心で沙羅は想い人の名を口にした。

＊＊＊

翌日の昼休み。

晴也は邪悪な笑みを浮かべながら屋上へと足を向けた。

というのも、沙羅から昨夜メッセージが届いたからだ。

内容は「最後に頼みがある」といったものだった。

内容についてはまだ聞かされておらず、恐らくこの後聞かされるのであろうが、晴也は頼み事をされるというのに気分が良かった。

小日向からの助言だが、恩を売れば必ず自分の正体をバラさないといった確証を得ることができる、と聞いたからだ。

正直なところ、今の沙羅の精神状態ではいつ口を滑らせてもおかしくないと晴也は思ってしまっている。

そのため、沙羅の「最後の頼み」を聞いたうえで自分の正体をバラさないようにお願いすればことは上手く運ぶ、と晴也はそう思っていた。

（……どんな願いでもドンと来い。こっちにも思惑はあるからな……）

と、内に秘めた感情を隠しつつ晴也は屋上へとたどり着き、それから沙羅の願いを聞くことになるのだが――。

「その、お願いを聞いていただけないですか？」

「要は普通の恋愛っぽいことを三つだけさせてほしいということか……」

「はい、そうです」

「なるほどね」

差し出されたリストに書かれているのは、一緒に下校すること、勉強すること、海に行くこと。

この三つである。

晴也はこの願いが意外で呆気に取られていた。

もっと難しいことを要求される覚悟があったからである。

晴也は「代わりに」と正体をバラさないことを誓ってもらおうと考えたが、こういうのは最後に頼むのが効率的だろう、と思ったためぐっと堪えた。

沙羅の不安そうな瞳を見て、晴也は一言だけ「分かった」と話す。

すると、沙羅は顔を輝かせて「ありがとうございます」と感謝の言葉を述べた。

(これくらいなんてことはないな……正体がバラされない条件としては)

作り笑いを浮かべながら沙羅はぺこり、と恭しく頭を下げてきた。

「では、早速、放課後お願いしてもいいですか？」

「ああ、でも目立つのが嫌だからさ。他のクラスメイトの帰りが落ち着いてからでいいか？」

「はい、全然問題ないです。私もそのつもりでしたし」

というわけで、晴也と沙羅は放課後一緒に帰宅することになった。

＊＊＊

そして、放課後。

帰宅する生徒の数が落ち着くのを待ってから、晴也は校門前まで行って待機する。

まだ沙羅はそこに姿を見せておらず、五分ほど待てばやがて彼女は姿を現した。

「すみません、お待たせしました……」

「いや、全然待ってないから大丈夫」

定番のやり取りを交わしつつ、互いにそわそわとあたりを見回す二人。

今の晴也はすでに沙羅に正体がバレていることもあって表の顔、つまり陰の姿だった。

「ふふっ。本当に同一人物だと思えないですか？　その髪長すぎないですか？　切ったほうが絶対良いと思いますけど」

「良く言われるけど、こっちのほうが落ち着くからな」

晴也が苦笑を浮かべながら答えると、沙羅は内心でボソリと呟く。

(まぁ、私だけが知っているっていうのも悪くはないですけどね……)

そんな沙羅から少し距離を取って先に歩き出す晴也。

「……そもそも俺の家、右方向だけど姫川さんは？」

「あ、私も同じなので気になさらないでくださいね」

晴也は頷いてから沙羅と帰途に就く。

やはり沙羅と一緒に歩いて帰るというだけでも、目立ってしまう。

ジロジロ見られたりすることはないものの、遠くから様子を窺う他校の生徒を確認することができた。

ただ帰宅する、というだけなのに、美少女を伴うだけで緊張感は全然違ってくるものである。

周囲をチラチラと前方で見渡す晴也の背中を沙羅は胸を高鳴らせながら見入っていた。

(私のために守っていただいてる気がして……こういうの悪くないですね)

思わずにやけてしまいそうになるのを沙羅は必死に堪える。

そんな中、晴也は幸いなことに同じ学校の生徒に合うことがなかったため、ホッと安堵の息を零していた。

周囲を警戒しながら、歩くこと十分弱。

ようやくこの周囲に注意を払いながら歩くことから解放される目処が立ったそのとき、沙羅の歩みがピタリと止まった。

沙羅の視線を追えば、そこにはクレープの販売車が停まっていることに晴也は気づいた。

（寄りたいってことだよな……）

正直なところ、今すぐ帰りたい晴也だが恩を売っておくに越したことはない。

「……クレープでも食べていこうか？」

晴也が気を遣って言うと、沙羅は遅れて勢いづくように首を縦に振った。

「じゃあ、こっちだな」

そう言ってクレープの売店にまで、晴也達が移動すると……。

「美味しいね、結奈りん！」

「うん。ここ意外といいかも……」

「沙羅ちんも来れたら良かったのにね」

「そうね。……でも沙羅ってこのところ、あまり関わってほしくなさそうな感じだから」

沙羅にとっては聞き覚えしかない声が聞こえてきた。

晴也は会話の内容はともかく、同じ高校の制服を確認して、げっと顔を歪める。

二人の想いはこのとき一致した、ただただ「やばい、逃げなきゃ」と。

沙羅と晴也は慌ててその場から立ち去ろうとするも――。

「えっ、あれ？　あれ……沙羅ちんじゃない？」

「ホントだ……どうして沙羅、逃げようとするの？」

「で、あの男子は……だれ⁉」

「え、分からない……」

　どうやら逃げ遅れてしまったらしい。

　晴也と沙羅はお互いに顔を見合わせた。

（どうします？　あの方達、私の友達なんですけど……）

（ここで逃げたら姫川さんも困るだろ……何とかして誤魔化すしかないな）

　アイコンタクトで意思疎通をし終えると、仕方がない、と腹をくって二人はS級美女達――結奈と凜のもとへと向かった。

「その男子って、いったい誰なの沙羅ちん⁉」

「たしかに気になるね……」

　二人から猛烈に興味津々といった目が晴也に向けられる。

（いやいや、誰なのも何も、S級美女達ってことは同じクラスの同級生なんだけどな、俺って）

　自分の影の薄さに改めて感激しながら……晴也はそう内心で突っ込みを入れた。

　だが、それ以上に……凜と結奈の声にはどこか既知感を覚えていた。

（それにしても、この二人の声って聞き覚えがある気がするな……）

常連客として通っている喫茶店先のバイトの子と少女漫画の趣味を語り合う同志。

この二人、それぞれ彼女達と声がそっくりだと感じたのだ。

……が、世の中には自分と似た人が三人いるとの話もあったため、晴也はそこまで気には留めなかった。

友達にどう説明したものか戸惑っている沙羅を見て、晴也は後頭部をがりがり掻きながら二人に答えた。

「えっと、これはですね……」

「「……」」

沙羅も含めたＳ級美女達の視線が晴也一人に集まる。

「たまたま、クレープを買おうと思ったら偶然会いまして……」

晴也が緊張しながらそう話すと、結奈と凛は案外納得したように頷いてくれたのだった。

（なんとか、今回は誤魔化せて助かった……）

さて、せっかく同じ学校なのに一人だけ帰らせるのは申し訳ないと思われたのか、晴也はＳ級美女達とクレープを一緒に食べることになった。

全男子が羨んでしまう状況だが……正直に言って、晴也からしてみれば居心地は最悪としか言いようがなかった。

「沙羅ちん……もう大丈夫そう？」

「はい、昨日はご心配をおかけしましたがもう大丈夫です」

「そっか。なら本当に良かった、沙羅」

一通りのやり取りをＳ級美女達同士でし終えると、次の関心は晴也に向けられる。

「それにしても、きみ、髪すっごく長いんだね。絶対髪切ったほうが良くなると思うかな……ね、結奈りん？」

「……えっ、まあ、凜の言いたいことは分かるけど……私は否定しない」

勢いづいて言った凜に、控えめに同調しながら結奈は曖昧に頷いた。

「……け、検討しときます」

「ははは、うん、考えといてね」

「私はどっちでも良いと思いますよ、ちなみにですが……」

Ｓ級美女達が晴也に話した内容はこの程度。

後は沙羅の話になって、沙羅が元気になったこともあってか恋バナの話に移行した。

「ねえ、そこのきみもさ、沙羅ちんの話。これって運命の出会いだと思わない？」

沙羅の恋バナについて話が移った際、凜は晴也にそう尋ねてきた。

「……ぁ。や、やめてください」

すると、沙羅は顔を真っ赤にさせて俯く。

当然だろう。その本人がいる目の前で運命の出会いとか言われるのだから。

かくいう晴也も羞恥プレイのあまり顔を真っ赤にさせていた。

なぜなら……。

「凄いよね、その人……聞いてるだけでもカッコいいのが伝わってくるんだし……」

「私も実際に見てみたくはあるよ……その人」

凛と結奈からの直接的なベタ褒めがあったからだ。

「（なあ、これなんて拷問なんだ………）」

「（うぅ……さすがに恥ずかしすぎます）」

二人とも顔を赤くさせ羞恥に染まってしまうのだった。


その日の帰り道のこと。

クレープ屋からの帰路ではお互いに無言だった。

他のS級美女（凛と結奈）も一緒にいる中で内密の話をすることはできないからだ。

「あっ、じゃあ自分はこっちなので」

と、S級美女達と進行方向が違う道に出ると、晴也とS級美女達はそこで別れることになる。

沙羅は他の二人に気づかれないようにこちらに小さく手を振ってきた。

晴也はそれに応えるように小さく頷いてから向きを変え歩きはじめる。

一人で帰路を辿る最中、ブーと携帯が所在なげに振動した。

通知を見れば沙羅からのものだった。

『今日は色々とすみませんでした。ですが一緒に下校するの、普通の恋愛っぽくて楽しかったです。ハプニングはありましたけどね……』

晴也はメッセージ内容を確認すると苦笑を浮かべながら返答した。

『そうだな……まあ俺も楽しめたから良かった。次はもう一緒に下校はいいか？』

『はい。今日みたいなことがあれば……あれですし。次は勉強をお願いします』

『了解』

そう軽くやり取りをしたところで晴也は携帯をしまう。

（あれで本当に良かったのかは分からないが……これであと二つか。それが終わればようやく安心することができる……！）

内心で晴也はくつくつと笑っていた。

＊＊＊

「――これは整数の典型的な問題ですけど、応用が必要でして」

「あぁ、そうなのか。全然分からなかった」

とある日の放課後。

一緒に勉強するように頼まれていた晴也は、沙羅と屋上で二人勉強に励んでいた。

そして、今は晴也が分からなかった分野の問題について、沙羅が丁寧に分かりやすく教えているといった具合である。

沙羅の解説は分かりやすかったものの、晴也には気になったことがあった。

(姫川さん……結構周り見てるんだな)

晴也は特にこの問題が分からない、といったことをアピールしたわけではない。

ただ手が止まって悩んでいると、沙羅が横から説明をしてくれたのだ。

「姫川さんって結構周りを見てるよな」

「……え、急になんですか？」

「いや、ただ感心しただけだ」

「あ、ありがとうございます」

素直に頷くと彼女は控えめながらも微笑(ほほえ)んだ。

そうして互いに勉強を進めていき、キリのいいところで二人は休憩を取ることに。

「――あっ、それテトリスですか？」

「えっ、ああ。暇なときの休憩時間にやったりするんだよな……」

晴也はテトリスのアプリを起動し、プレイし始めたところで沙羅に声をかけられた。

（あぁ……そこはTスピンのほうが……）

沙羅は晴也のテトリスを見てもどかしさが胸の中に渦巻きだす。

沙羅はテトリスの経験者だった。それも上位プレイヤーに入るほどの実力者でもある。

「あぁ……負けた」

オンライン対戦で競っている相手に晴也は打ち負かされる。

そんな晴也を見て沙羅は下唇を噛んで何か言いたそうにしていた。

「もしかして、姫川さん……テトリスやってみたい？」

「……は、はい。うまくやれます」

「初心者は皆そう言うけど結構難しいぞ……これ」

「任せてください……」

自信満々に言うので晴也は一瞬戸惑ったが、大口を叩く沙羅の実力を見てみたくもあって晴也はプレイを見せてもらうことにした。

――その結果。

「いや、きもっ――」

晴也は沙羅のテトリスの動きの速さを見て絶句してしまった。

（なに……その意味わからない速さ。一生勝てる気しないって）

その動きの速さに絶句していると、気づけば沙羅は一位になっていた。

無言でピースサインを決め、ほんのりと口角を上げる沙羅。

（……生意気な口利いてすみませんでした）

と、内心で謝罪していると沙羅は律儀にテトリスのコツを教えてくれる。

「基本的な操作を覚えたら練習あるのみです。基本的なパターンは決まっていますので最初はそれを完全にこなせるようになるまでプレイしていって――」

沙羅の解説は、もっとも正しいのかもしれないが晴也の目からは……。

（いや、ガチなやつの回答じゃん……）

と、そんな風にガチ勢の言い方だ、と晴也の目には映っていた。

それからテトリスは一旦閉じて、今度は車を運転して順位を競うカート系のアプリを晴也は起動する。

携帯を左右に動かすことでカートを右折させたり左折させたりできるのだが、これがなかなか難しい。

晴也が操作に苦戦しながらもカートを運転させていると、沙羅はテトリスの時とは違って興味深そうに画面を見つめていた。

「これもやってみるか？」

尋ねると沙羅は「ぜひ」と頷く。

顔が強張っているあたり、テトリスとは違ってこのゲームは今回が初めてなのだろう。

沙羅に携帯を手渡して、彼女が実際にプレイしていくと――手だけではなく身体まで
も巻き込んで操作している。

右に曲がろうとすれば身体ごと右へ。

左に曲がろうとすれば身体ごと左へと動かしていく。

ふあり、とその度にいい香りが晴也の鼻孔を刺激した。

(……いちいち、反応が可愛らしいな)

晴也は不覚にもそう思わされたのだった。

そんな沙羅に惑わされていると、彼女はムッと頬を膨らませながら尋ねる。

「赤崎さん……これ難しいです、もう一回やってもいいですか？」

「あぁ、良いよ」

そして始まる沙羅のカーゲーム。

一回目。左折のタイミングで身体ごと動かして車体が破損。

二回目。今度は右折のタイミングで身体ごと動かして車体が大破。

『GAME OVER』との文字と共に、オリジナルのピエロキャラが笑って煽る演出が
画面に表示された。

「くぅーなんですかこのキャラは……！」

「……煽り性能高いよな、そのピエロ」

このゲームがクソゲーと呼ばれる所以(ゆえん)の一つ。

それはゲーム自体が高難度のくせして、煽り性能が高いこのキャラが毎度煽ってくるところにある。

「赤崎さん、悔しいのでもう一回してもいいですか？」

「そろそろ勉強、再開しないと――」

「これで最後にしますので……！」

「ええ……」

じゃあ離れてもらってもいいですか、と晴也は沙羅に問いかけたくなった。

沙羅が身体ごと動かしてプレイするため気になって、勉強どころではなくなってしまうのだ。

……だが、沙羅はきゅっと晴也の服の裾を掴(つか)んで、無意識なのだろうが晴也に上目遣いをしてきた。

「駄目ですか？」

「分かった……」

本音を言うなら「はい、駄目です」と即答するところだが、あいにく今回の目的は沙羅に恩を売ることにある。

そして、正体をバラされないといった確証を晴也は得たいのだ。

そのため、今は晴也の中で沙羅はただの沙羅でなく沙羅お嬢様である。

どんなわがままでも聞く姿勢であった。

――結果として。

「くぅーこのピエロ、ホントに腹立ちますね……！」

何度もいらだった沙羅は、携帯を床に投げつけそうになったところで――。

「それっ、俺の携帯！」

と、謎に体力を晴也は使うことになった。

結局、沙羅の二つめのお願いの勉強会というのも名ばかりで……もはやゲーム会と化してしまうのだった。


――その後のメッセージでのこと。

『今回もすみませんでした。勉強会ではなくゲーム会になっちゃいましたね』

『まあ楽しめたなら良かった』

『あのピエロ、許せないです……！』

沙羅は続けて兎（うさぎ）がぷんすか怒っているスタンプを送ってくる。

『勉強会が終わったことだし次は……』

『海、ですね』

かくして、沙羅の最後の頼みである海に、二人で向かうこととなった。

＊＊＊

ある日の放課後。

沙羅の最後の頼みである海に行くという任務を完遂するべく、晴也と沙羅は駅を利用し電車に揺られながら海へと向かっていた。

ちなみに、今の晴也の姿は裏の顔、つまり外出時に見せるお洒落な姿である。

これは沙羅からお洒落をしてほしいとのリクエストを受けたからであった。

今、晴也は沙羅の執事になっている感覚なので、口答えはしないようにしている。

電車に揺られながら、沙羅は晴也に小声で呟いた。

「……この恰好で行くの、ドキドキします」

「ああ、制服のことか……」

今、晴也と沙羅は栄華高校の制服を身にまとっている。

何でも、海には制服がセットなのだそうだ。

晴也的には良く分からなかったが、沙羅的にはそうらしい。

そのため、休日ではなく放課後に沙羅は海を見に行くことを指定してきたのだ。

あと、夕焼け時の海は制服がセットで映えるとのこと。

それは晴也も同意見だった。


それから三十分ほど電車に揺られ、降車駅から少し歩いたところで海に到着する。

海はどこまでも広がっていて潮風はとても気持ちがいいものだった。

「……うわぁ、綺麗ですね」

沙羅が感嘆するようにポツリと口にしたが、海面は夕日を反射していて綺麗な境界線がどこまでも続いている。

晴也もそれに魅入られ自然と口角を緩めてしまった。

すると、沙羅は一人砂浜へと歩き出して晴也のほうを振り返る。

「赤崎さーん、夕日すっごく綺麗ですよ」

「うん、すごく綺麗だな」

大きな声で言ってきた沙羅に対して晴也も大きな声で返事をする。

「赤崎さんもこっちに来ましょうよ！　すっごく気持ちいいですよ」

いつの間にか沙羅は靴と靴下を脱いで……足先を湿った砂に埋めていた。

今は沙羅お嬢様であるため、晴也は沙羅の言った通りに海のほうに歩いていく。

沙羅と向き合うくらいまで近づくと無言の圧を彼女から受けた。

沙羅と同じく靴と靴下を脱いで足を砂に埋めた晴也は、引き続き沙羅と同じように足を海の水に浸す。

「おっ、たしかに気持ちいいな……」

ひんやりとした感覚が足全体に広がっていく。

暖かな春の季節でこの気持ちよさのため、夏に来ればもっと気持ちがいいんだろうな、と晴也は思った。

――ザーッ、ザーッ。

海の波打つ音と景色を堪能していると、沙羅はもじもじと身体を動かしながら恥ずかしそうに晴也に尋ねてくる。

「……あ、あのっ」

沙羅の声に晴也は振り返って彼女のほうを見つめる。

晴也の視線を受け止めると、沙羅はきゅっと自分の胸の前で握り拳を作って晴也に頼みこんだ。

「私、普通の恋愛っぽいことしたいって話をしたじゃないですか……？」

晴也は特に何か言うわけでもなく小さくその場で頷いて先を促した。

「……な、なので、水の掛け合いとか追いかけっことかしたいんですけどいいですか？」

切実そうに沙羅は晴也に頼み込んでくる。

晴也は沙羅の願いに黙って頷いたが、内心では「いや、それかなり恥ずかしいやつ……」と思っていた。

幸いなことに、平日の春の海ということもあってか周りに人の姿がないのが救いであった。

遊戯の始め方が分からないでいると、沙羅はどこか恥ずかしそうに「えいっ、えいっ」と慣れない手つきで晴也に水を掛けてくる。

晴也はその不慣れ具合を微笑ましく思いながら「やったな」と言って水を沙羅に掛けることにした。

――ぱちゃ、ぱちゃ、ぱちゃ。

水を掛け合っては楽しそうに笑い合う二人。

もっとも、晴也は内心で「誰か、俺を殺せ」と羞恥で心がいっぱいになりながらも平然としているわけであるが……。

客観的に見れば青春を謳歌している者の姿だった。

水の掛け合いが終わると、今度は「待て待て〜」と砂浜で追いかけっこをする。

わざとらしさが出ないように晴也は恥ずかしさを押し殺してそれをやったが、沙羅の満足そうな表情から楽しんでくれたのだと判断した。

　そして、一通り楽しんだあと、晴也と沙羅はあたりの景色を堪能することに落ち着いたのだが……。

「赤崎さん、今までありがとうございました」

　ふとそう言って、ニッと静かな笑みを浮かべる沙羅。

　だが、沙羅の瞳には多くの感情が混在しているように晴也の目には映った。

　不安、恐怖、自嘲……そのどれもがマイナスな負の感情である。

「……もういいのか？」

「はい、十分……普通の恋愛を楽しむことができたと思います」

　そこで沙羅はこれまでのことを簡単に振り返った。

「最初、ナンパから助けていただいて……それから再会を果たすことになって、その後に同じクラスだということがわかって……」

　今思えばありえない確率だ、と客観的に見てその凄さを晴也は実感する。

「私は運命的な出会いというものに惹かれてしまって……だからこそ、赤崎さんに普通の恋愛の真似事をしていただくことをお願いしたんです……これまで本当に楽しかったです。ありがとうございました」

　沙羅は頭を律儀に下げて改めて感謝の言葉を述べてくる。

笑顔を向ける沙羅だが、どこかその表情は苦しげに歪(ゆが)んでいるように感じられた。

「……それと赤崎さん、申し訳ありませんでした」

何のことで謝られているのか分からない晴也は無言で先を促す。

すると、沙羅はか細い声で続けた。

「私なんかに付き合わせてしまって……」

酷(ひど)く自分を責めるかのようなそんなニュアンスで沙羅は呟(つぶや)く。

その間、沙羅の視線が晴也の顔に向くことはなかった。

罪の意識でもあるのか、どこか落ち着きのない様子の沙羅。

晴也は素直に自分の意見を言うことにした。

何か彼女は誤解しているかもしれなかったからだ。

「ありがとな、姫川さん……」

少し気恥ずかしさはあったが、晴也は沙羅にお礼を言った。

礼を言われる覚えがないからか、沙羅は目を丸くしたが、晴也の顔を一度見て嘘(うそ)をついているわけじゃないことを悟ったのか口を噤(つぐ)んだ。

晴也は続ける。

「……俺もこの関係は、まあ（色々あったけど何だかんだで）案外楽しめたからな」

もちろん逃げ出したいことも面倒なことも多かったが、今思えば……それもまあ悪くない日々だったかも、と晴也は思っていた。

くしゃっと笑って晴也が言うと……沙羅は下唇をきゅっと噛んだ。

そして苦しげに何かを訴えるように自分の胸元を強く摑む。

「……私にそんなこと……言われる資格はないんです」

声を震わせて沙羅は言った。

沙羅は言おうか言うまいか、悩んだようだったが、首を傾げる晴也を前にしてやがて決心したような顔つきになる。

「私は自分勝手な都合を……赤崎さんを騙して押し付けたんです」

沙羅は泣きそうになりながらも、力強く言い切った。

「どういうことだ？」

「……っ」

沙羅は顔を歪めて静かに息を吐き、自分の肩を爪痕が残るくらいにぎゅっと握りこんだ。

「本当は、分かっていたんです。お見合い相手が決まるだろうことも、私には自由な恋愛が認められないってことも。なのに私はこんな自分勝手なわがままを赤崎さんに押し付けてしまったんです」

「…………」

訪れる沈黙。

沙羅は晴也に失望されたと思いこんで、晴也の反応が怖いのか俯いた。

歯を食いしばる沙羅に対して、晴也は同情するでもなくただ普通に話に聞き入る。

すると、ぽろ、と沙羅の頬に雫が伝った。

気づけば沙羅の身体は酷く震えていた。

「――だから、私にそんな温かい言葉をかけられる資格はないんです」

私は最低。

私は醜い。

私は浅ましい。

だから、「ありがとな」なんて言わないでほしい、と沙羅は切実に訴えてきた。

沙羅はそれから俯いたまま涙をぬぐう。

豊満な体軀はこのとき小さく晴也の目には映った。

沙羅の告白に多少の驚きはあったものの、晴也は沙羅を責める気持ちには到底なれなかった。

少なくとも、晴也も沙羅を利用しようとした立場だからだ。

「……姫川さん」

彼女の名を呼ぶと沙羅はビクッと身体を震わせて、おそるおそる顔を上げた。

まだ、沙羅の瞳は晴也には向けられない。

「……今の話を聞いても俺は姫川さんを責める気にはなれないしな。俺だって「偽名」を使って姫川さんを騙していたわけだし」

「で、ですが……っ」

沙羅は続けてこう言いたかったのだろう。

それには事情があったからなのだろう、と。しかしそれは沙羅にも言えることなのだ。

晴也は苦しげな表情を浮かべる沙羅に告げた。

「姫川さんに事情があるのも分かるし、それに、そもそもそんな厳しい家庭にいて自分を律するなんてこと、なかなかできることじゃないだろ」

多感な思春期。

自由が多い学校生活の中、束縛された生き方を強いられる……晴也なら耐えられそうもなかった。

真っ先に反抗的になる未来しか見えない。

「何一つ悪いことはしてない、ってわけじゃないけど、姫川さんの中で少し甘えが出た。それだけのことだろ。それくらい俺は気にしないし、気にしちゃいけないからな」

詳しい沙羅の家庭環境について晴也は知らない。

ただ、守旧的で厳格な伝統ある家庭と聞くとイメージはできる。

少しくらい甘えてもいいじゃないか、と晴也は思ってしまうのだ。

ただ、沙羅の場合、厳しい家庭で育ったために人への甘え方が分からないのだろう。

極限まで自分を追い詰めたからか、精神的にかなり参っているように見えた。

「ど、どうして……ですか？　どうして……」

「俺が姫川さんの家の子だったら間違いなく不良になってるからな」

だから責められない、といった感じで晴也は照れながら笑った。

堂々と言えた発言ではないが、晴也はそう断言する。

すると、沙羅は我慢できなくなったのか晴也に飛びついた。

強がってみせる、そんな余裕は目の前の彼女にはもうない。

「……どうしてですか？　どうしてそんなに優しい声をかけてくるんですか」

ポカポカと晴也の胸板を何度も沙羅は叩いた。でも全く痛くはない。

まだ悲痛な想いがどうやら沙羅には残っているらしい。

晴也は抱きしめるでも、肩に手を添えるでもなく、ただただ受け入れた。

「……そんなに優しい声をかけられたら私……どうすればいいんですか？　さようならって笑顔でお別れするはず……でしたのに。私はそれすらできないなんて……」

沙羅には近々、見合いの予定が入ってしまっている。

沙羅は笑顔でお別れしたかったのだろう。なのに優しい言葉を晴也がかけてくるものだから苦しんでしまう。

お別れしたかったのに、できそうにないからだ。

正確に言い直せば、お別れするのがどんどん嫌になってしまうから。

行き場のない感情がポカポカと晴也の胸にぶつかってくる。

「——私はこんな汚い自分が嫌いです。だから私にそんな言葉をかけられる資格はないというのに……」

瞳を潤ませて晴也の胸元をぎゅっと摑む。

沙羅が落ち着いたのを確認してから、晴也は眉を下げた笑みを浮かべた。

「そんなことはないいんじゃないか？　姫川さんのことが好きな姫川さんの友達もいるんだから」

沙羅の魅力的な笑顔には……晴也も自然と惹きつけられてしまうものがあった。

そのため、沙羅の発言を真っ向から否定する晴也。

「……そ、そんなことは……」

沙羅は視線を彷徨わせたが、顔を上げると自分と晴也の目がそこで合う。合ってしまう。

晴也の言葉に嘘がないのが伝わったのか、沙羅は顔を赤くし表情を見られないように晴也の胸に顔を埋めた。

「……ずるいです、赤崎さんは」

「そこまでできた男じゃないいんだよ、俺は」

「そうですね」

でも、と沙羅は小さく笑ってから続けた。

「……それを言われて嬉しい私はもっと悪い女の子です」

憂いが残った表情で沙羅は呟いた。その笑顔は晴れやかな笑みではない。

……あと一歩足りない。

沙羅の憂いを取り払うにはあと一歩……。

間近に控えているだろう見合いの存在が「一歩」を邪魔しているに違いなかった。

（逆にそれさえ取り払えば、俺は姫川さんに恩を売ることができる、そして――）

完全に正体がバレる恐れはなくなる、と晴也は内心でテンションを高めてしまった。

「見合いのことだけど、俺が姫川さんの家に行きます」

「……え？」

晴也の言葉を聞いた沙羅は、予期しない発言だったのか呆けた声を漏らした。

「俺が姫川さんの家に行って見合いを止める。姫川さんの親御さんが厳格だとしても、周りの意見を聞けば変わるかもしれないしな」

「む、無理ですって……！　お父様には口答えすらしたことないんです。そんな勝手が許されるわけないじゃないですか」

そんな勝手が許されるわけない。その通りだ。

だが、間違っていたとしても……動かなければなにも変わらない。

晴也は真剣な眼差し（まなざし）を沙羅に向けて尋ねた。

「姫川さんはどうしたいんだ？　本当に見合いを望んでいるのか？　とてもそうは思えないんだけど……」

「私の気持ちは関係ないです。私は姫川の家に生まれているんです」

弱々しく晴也から目を逸らしていく沙羅を逃さずに晴也は続けた。

「姫川さんの本当の気持ちはどうなんだ？」

繰り返してそれだけ言うと、沙羅は口をぎゅっと噤んで自分の胸元を強く摑んだ。

「わ、私は……本当はお見合いなんて嫌です。自由な恋愛を、運命的な恋愛をしたいです」

思いの丈を吐露してから、沙羅はでも、と続けた。

「お父様を前にすると私は何もできなくなってしまいます、口答えするなんてもってのほかです……！」

悲しげに、切なげに、そして胸を苦しそうに押さえながら続ける。

「ですが、赤崎さんと一緒なら乗り越えられるかもしれません……」

潤んだ瞳で沙羅は晴也の瞳を真っ直ぐ（まっすぐ）見据えた。

「なので……私に協力していただけないですか……？」

たとえ、無理だとしても信じたい。縋りたい。

そんな想いが沙羅の内側から溢れていた。

晴也は何ら躊躇うことなく頷いてみせる。

「……一緒に戦おう」

「は、はい……！」

小さく笑う沙羅を見る晴也であったが、内心ではほくそ笑んでいた。

（これで解決しさえすれば、揺るぎない信頼関係ができるはずだ。正体がバラされない確証もこれで完全に得ることができる）

そんな風に晴也は思っていたのだ。

……だが、それはあくまで本音のうちの一つにすぎない。

助けて、と瞳が弱々しく訴えていた沙羅。

見合いの呪縛から解放してほしいと内心で叫んでいる沙羅のことを晴也は放っておけなかったのだ。

（……それに、姫川さんにはまあ前を向いてほしいしな）

なんだかんだで彼女と接してきた晴也にとって、沙羅は他人だから……ともはや突き放すことはできなかった。

彼女の優しい一面であったり気遣いができる一面であったりを晴也は知ってしまったか

らだ。

加えて彼女の笑顔は魅力的であるため、彼女には笑っていてほしいと僅かながらに思わされたのである。

(……俺も熱に浮かされてるってことなのかもな)

この澄んだ空に海。そして美少女の涙。

きっとこの状況も今の晴也の心情を形成してしまっているのだろう。

と、晴也は柄にもない自分の一面のことをそう思い込むことにしたのだった。

第四章　姫川沙羅

沙羅の実家に行くことになってから数日が経った現在。

晴也と沙羅は電車に乗ってゆらゆらと揺れながら沙羅の実家へと向かっていた。

不思議と緊張感は感じられない晴也だが、沙羅はそわそわと落ち着きが見られないようだった。

「……すごく緊張しますね」

沙羅の声に適当に合わせて頷く晴也。

緊張というよりも、晴也は厳格で守旧的な家というのは一体どんな外観をしているのかが気になっていた。

(姫川さんの実家ってどんな感じなんだろうな……)

イメージから想像するに豪奢な貴族の邸宅を彷彿とさせる建物なのだろうか。

と、勝手な想像を膨らませていると、隣に座る沙羅がポツリと電車内で口を開いた。

「あの……」

nazeka
S-class bizyotachi
no wadai ni
ore ga agaru ken

「ん？　どうした？」

「今更ですけど、どうしてそこまで私に良くしてくださるんですか？」

「随分、唐突に聞いてくるんだな……」

「すみません、でも気になってしまいまして」

一拍置いてから沙羅は真剣な眼差しを晴也に向けた。

「こんな面倒な問題……特に他人の家庭の事情には普通は足を突っ込まないはずです」

「目の前で困ってる人がいたから助けようと思った、ただそれだけだ」

そう言うと、すぐさま鋭い視線が横から向けられた。

「赤崎さんの場合だとそれは少し違うような気がします……真面目に答えていただけないですか？」

一切の誤魔化し無用といった感じで沙羅は晴也に尋ねてくる。

盲目的なところがあるのに、鋭いところは鋭いんだなと晴也は苦笑を浮かべた。

沙羅に正体をバラさない言質を取るために晴也はここまで頑張ってきたわけだが、それはさすがに口に出せないだろう。

晴也は投げやりになりながらも、心の奥底に眠っていたもう一つの理由を言葉にして投げ返した。

「家族と向き合うのって凄く大切なことだから……」

沙羅は今度は何も口を挟んでこなかった。

黙って先を促しているということだろうか。

「……俺も姫川さんとある意味一緒でな。ちょっと家族とは疎遠で……」

自嘲じみた様子で言って肩をすくめる晴也。

あまり中学時代のことは思いかえしたくはないが、晴也には事情があって今一人暮らしをしているのだ。

詳細を省いて晴也は続ける。

「……俺はまだ前を向けそうにないけど、同じ家族の問題を抱えた姫川さんには前を向いてほしかったんだと思う」

それだけ話すと沙羅は控えめに髪を揺らして尋ねてきた。

「それって赤崎さんが、髪をそこまで長くしているのとクラスでの立ち居振る舞いに繋がりますよね」

確信を持った沙羅の主張に晴也は居心地が悪くなりながらも黙って頷いた。

詳しい話はしたくない、といった晴也の心情を悟ったのか、沙羅はそれ以上追及してくることはなかった。

――ガタン、ゴトン、ガタン、ゴトン。

数秒の間、沈黙が続けば沙羅はポツリと呟く。

「でしたら、私……頑張らなきゃですね。赤崎さんが前を向けるようになるためにも」

ニッと歯を見せて笑みを浮かべる沙羅。

……心なしか身体は少し震えてはいる気がしたが。

内心ではビビッてしまっていることを見抜かれたのを悟ったのか、沙羅は取り繕うように説明を続けた。

「本当は分かってるんです。これからすることは私の我がままですし……お見合いで紹介される人はきっといい人だってことも」

「……でも、それでも本心は違うんだろ？」

「はい、なので私……頑張りますね。話してくださってありがとうございます」

恭しく沙羅が頭を下げたのを確認してから、真っ直ぐで無垢な彼女の瞳から目を背けるようにガリガリと晴也は後頭部を掻いた。

＊＊＊

それから三十分ほど電車に揺られた後、晴也と沙羅は沙羅の実家にたどり着いた。

和の邸宅で立派な門が威風堂々と聳えている。

何とも剛健な佇まいであった。

沙羅の実家の外観に晴也が呆気に取られていると、そんな晴也を置いて沙羅は玄関まで歩いてインターホンを鳴らす。

するると、使用人らしき者が礼儀正しく着物姿で晴也達を出迎えた。

「沙羅様、お久ぶりです……お帰りなさいませ」

沙羅に頭を下げた後、眉を顰めてその使用人らしき人物は晴也のほうを見つめた。

「……あ、あぁそういうことですか」

納得したように頷いてから柔和な笑みを向けられる晴也。

（え、どういうこと……）

と、晴也が困惑の表情を浮かべていると沙羅がその使用人らしき人物に告げた。

「今日は、お父様に用事があってまいりました」

「心得ておりますよ……では、ご主人様に準備していただきますね」

「……お願いします」

沙羅がそう言うとその使用人らしい人はすぐさま邸宅の中に戻っていった。

「……さっきのは使用人さんとか？」

「はい、使用人の方です。もう何年も姫川の家で勤められております」

サラッとそういうことを言ってのける沙羅に呆気に取られていると、不意にインターホンから一言だけ声がかけられた。

『準備が整いましたので、どうぞお入りください』

先ほどの使用人の声であった。

沙羅と晴也は互いに目を合わせてから頷き合う。

「……では、早速参りましょうか」

「あ、ああ」

ふうと大きな深呼吸を隣で何度か繰り返す沙羅。

その態度から、沙羅がかなり緊張しているのが窺えた。

扉が開かれ、中に入ると、晴也はまず沙羅の実家の広さに驚かされる。

(もはや旅館に近いじゃん……隠れんぼとか普通にできちゃいそうだぞ、これ)

チラチラとあたりを見回しながら沙羅の後についていくと、不意に沙羅は大きな襖の前で止まった。

「こ、ここです……」

心なしか緊張した声音で沙羅は言い切る。

晴也が黙って頷くと、沙羅はおそるおそるといった感じで襖に向かって声をかけた。

「た、ただいま戻りました……お父様」

「沙羅だな……入って構わんぞ」

襖の奥から威厳ある声が耳に響いてきた。

声からだけでも威圧感を感じ、晴也は思わず息を飲む。

ゆっくりと襖を開いて、父親と目を合わせないように畳の床を見つめながら沙羅は部屋の中に入っていく。

晴也は続けて入って襖をゆっくりと閉めた。

和の邸宅で一番偉いであろう人物が和室の中心で腕を組んで座っている。

こう言ってはなんだが、風貌から貫禄が感じられる強面のおじさんだ、と晴也は内心で評した。

キリっと鋭い視線を沙羅の父はまず沙羅に向けて、そのまま流れるように晴也のほうへとその視線が向けられる。

眉を顰めて、沙羅の父は晴也に問いかけた。

「……そちらの方は一体？」

礼儀正しく問うてきながらも、顔つきが怖いため、自然と晴也は緊張してしまう。

無意識ながらも顔は強張り、息を潜めてしまっていることに晴也は気づいた。

沙羅がおそるおそる晴也の素性について話そうとしたところで、晴也が先に口を開いた。

「私は姫川さんの友達の赤崎晴也です……」

沙羅が大きな瞳をぱちと見開くが、沙羅の父は動揺することなく「そうか……」とだけ呟いた。

厳しい視線を二人に向けたまま、沙羅の父は続けて晴也に尋ねる。

「それで、沙羅のお友達がわざわざ私に何の御用がおありですか？」

全てを見透かすような視線が晴也に注がれる。

晴也はギクッと背筋を伸ばしながら、ふうと小さく息を吐いてから答えた。

「私は姫川さんの話を聞いてもらいたくて……いえ、見合いについて話し合うために私はここにいます」

晴也の言葉を受け取ると、「やっぱりか……」と沙羅の父は深い溜め息をついて額に手を当てた。

「おおよそ、沙羅の想いを汲み取ってここに来たんだろうが赤崎くん、これは姫川家の問題だ。君には全く関係がない。だからお引き取り願おうか」

全てを悟ったらしい沙羅の父は厳格な顔つきとなって晴也を睨んだ。

思わずひるみそうになる晴也だったが、平静を装って真っ直ぐ相手の瞳を見続けた。

「関係なく、はないです。姫川さんが苦しんでいるのを見続けていますから、関係なくはないです」

それっぽく晴也が沙羅の父に対して答えると、沙羅の父はふうと小さくその場で息を吐いた。

「確かに、お友達なら心配するのもよく分かる。だがね？　赤崎君。子をしっかりと正しい道にひっぱっていくのが親の責任なのだ。仮に沙羅の見合いをしないこととしよう。そうしたとして、だ。沙羅が悪い男にひっかからない保証がどこにある！　悪い男じゃないと沙羅は見抜けるのか？　いいや、見抜けまい。悪い大人に騙されてしまうのが目に見える。だが私が選んだ相手ならそうはなるまい。信頼できる者としか見合いはさせぬからな。自分でものを考えて話すことができない沙羅が悪い男に引っかからないと君は保証できるのかね？」

その沙羅の父の発言に晴也は納得するところがあって、少しの間言葉に詰まった。

というのも実際、沙羅には恋愛について盲目的なところがあって、晴也もそれを身近で知ってしまっているため、沙羅の父の指摘はもっともだと思わされたのだ。

思わず黙ってしまうと、不意に沙羅から服の裾をきゅいっと摘まれた。

「(もう……大丈夫です。もう)」

沙羅は弱々しく首を小さく振って諦めの表情を浮かべている。

沙羅のその表情を見やると、それを確認した沙羅の父が続けた。

「そういうことなのだ。自分でものも言えない、自分で正しい判断もできない、魅力がすっかりと欠落している子が沙羅なのだ。娘を正しい道に進ませるのは親として当然の責務といえよう」

先ほどまでは言葉に詰まっていた晴也だったが、気づけば晴也はキリッと沙羅の父をとがめるような目で睨んだ。

「ほお、何の真似だね？　赤崎君」

「さっき、魅力がすっかりと欠落しているって言いましたよね……」

「ああ、そうだ。自分で正しい判断もできない小さな子供だ。魅力などない。現に私はこれまで沙羅に友達がいるのを碌に見たことはないぞ」

沙羅の父の言葉を受け取り、晴也は迷うことなく真っ向から沙羅の父と対立した。

「確かに姫川さんには向こう見ずなところがあって世間知らずな一面もあります。恋愛に対して危なっかしいと思う気持ちも分かります。……ですが、今の貴方の発言には納得できない」

「……何？」

厳めしい顔を少し歪めて沙羅の父は訝しげな表情を浮かべた。

向けられた問いに晴也は恐れることなく真っ直ぐに相手の目を見据えながら答える。

「魅力が欠落した子？　そんなわけないだろうっ！」

怒声に近い声が室内に重々しく響く。

……自分でもよく分からなかった。ただ、魅力がないと沙羅を貶められたのはなぜだか嫌な気持ちにさせられたのだ。

言い切って晴也は続ける。

「姫川さんは周囲をよく見ていて気を遣えます。相手を思いやろうとする心があります。なのに……親である貴方が魅力が欠落している子だなんて、そんなこと言っていいはずがない！」

きっと晴也は自分の家族のことも背景にあってこういうことを言ってしまっている。

珍しく熱くものを言う晴也に沙羅は呆気に取られ、沙羅の父も唖然としていた。

しばらくしてから、沙羅の父は咳払いをしてから口を開く。

「そうか……赤崎君は本当に沙羅のことを想ってくれているのだな。魅力が欠落していると言ったのは確かに私が悪かった。沙羅……すまない、それは謝ろう」

そう優しい声音で言って小さく頭を下げた沙羅の父だったが――。

「――それでも、沙羅はいまだに自分でものも言えない子なのには違いない。それはそうだろう？」

「そ、そんなことはないと思います……」

「では、なぜ沙羅はこれまで全然話そうとしないのだ？　そもそも、赤崎君に全て頼んでしまっているように私には見えるがね……」

「……っ」

いくら言ったところで沙羅が自分でものを言わないと……この父を説得するのは難しいだろう、と晴也は感じ口を噤んだ。

だが、ここで諦めるわけにはいかない。

晴也はそっと沙羅の背中に手をやり、沙羅を信じることにした。

はっとした表情で沙羅は見上げて、晴也の目を覗き込む。

（……大丈夫、大丈夫）

そんな沙羅を信じ切った温かな瞳を晴也は彼女に向けたのだった。

＊＊＊

――言わなきゃ、――言わなきゃ。

沙羅はぎゅっと握り拳を作って自分にそう言い聞かせていた。

これまで父に碌に口出しや口答えしたことがなかったため、身体が無意識に強張ってしまう。思ったように口から声を出すことはできそうになかった。

父の話も晴也の話もまるで耳に入ってこない。

一気に空気が重苦しくなって、心臓が重々しく鼓動する。

（――言いたいことが言えない）

そんな馬鹿な、と沙羅は内心で唖然としてしまう。

自分はこんなにも弱かったのだと沙羅は痛感させられた。

体感ではゆったり、ゆったりと時間が流れているように感じられる。

（……やっぱり、私……駄目みたいです）

もともと、父を前にすると自分は昔からこうだった。

両親をなくし行き場のない沙羅を救ってくれたのが、今、目の前にしている養父である。

拾われたそのときから、沙羅は姫川の家のために生きると決めていたのだ。

そのため、内心でどんな嫌なことがあっても、沙羅は父の言うことを聞くように努めていた。

反抗なんてもってのほか。

口答えをすることなく沙羅は姫川の家で育ってきたのだ。

沙羅は姫川の家に……自分を拾って助けてくれたこの姫川の家に、不義理になることを恐れてしまっているのだ。

（——もう諦めよう。諦めて縁談を受け入れる、仕方がない）

今までだって我慢して嫌なことも乗り越えてきた、と沙羅は自分に言い聞かせて諦めようと息をついた。

——だが。

ふと、晴也と出会ったときのことを思い返す。

思えばあの日から〝沙羅の世界〟は色づくことになった。

知らなかった感情、隠していた感情が、出てこないでと思っていても溢れてしまうのである。

それは恋する気持ち。

運命的な恋愛、甘酸っぱい恋の味を知ってしまったからこそ沙羅は苦悶する。

（私には姫川の家が……）

と、きゅっと目を閉じ俯くと晴也の言葉がふと脳裏によぎった。

『……でもさ、それ、本心じゃないんだろ？』

『一緒に戦おう』

『姫川家の娘だから、じゃなくて姫川さんだからすごいんだと俺は思う』

それは晴也が発したどこまでも温かい言葉の数々である。

（――嗚呼、あなたって方は、どこまでもこんな簡単に私の悩みを解消してくださるんですね……）

諦めよう、と思ったのにそれを許してくれない。

晴也のこの声に応えなければ、と沙羅は思わされていた。

自分は今や一人ではない。晴也が側にいてくれるのだ。

それを感じさせるかの如く、背中に温かくも大きな晴也の手が添えられた。

（……大丈夫、大丈夫）

そう自分を励ましてくれているように感じられる。

そして、沙羅に向けられる晴也の穏やかな視線。

それに応えないと、と沙羅は思わされたのである。

「………いやです」

か細い声だったが、晴也の存在を感じると自然と声が出た。

養父の目をしっかりと見据えて逸(そ)らすことなく沙羅は続ける。

一度殻を破った沙羅は止まらない。

「……お父様、私はお父様の言うことに反抗すべきではないと思っていました。だからこれまでお父様の意見や提案に従わなかったことはありません。……ただお父様、ごめんなさい。私のことを想ってくれてお見合いをするという話でしたのに……。でも、私は……私は――」

そこで区切ってから、より一層魅力的な笑顔を彼女は咲かせた。

「――誰よりも運命的な恋愛を本当は一番楽しみたいんです」

その笑顔は晴也が見てきた中でも飛び切り魅力的で人間らしい笑顔だった。

＊＊＊

沙羅の魅力的な笑みと言葉を受け止めると、沙羅の父は唖然としてしまっていた。

晴也も固まってしまっていたが、やがて沙羅の父はほんのりと口角を緩めた。

まるで、本当はこうなることを望んでいたと言わんばかりの穏やかな表情だ。

「そうか……自分の意見を言ってみせたか……」

確認するように目を伏せながら沙羅の養父は続ける。

「否定されることが分かっていて……私に迷惑をかけることが分かっていてなお、自分の意見を言ってみせたか……そうか」

何度も満足そうに沙羅の父は頷いた。

「……そこまで言うのなら仕方がないな。そんな状態の沙羅を紹介するなど、姫川家の沽券に関わるというもの」

柔和な笑みを浮かべて、沙羅の父は感心したような視線を沙羅に向けた。

「好きに、自由にしなさい。沙羅がそうしたいと思うのならな」

「は、はいっ！」

養父の声を受けて沙羅は胸を高鳴らせながらも、満面の笑みでそう答えたのだった。

さて、一通り今回の一件が解決したかに思われ、晴也が自宅に帰る兆しが見えてきた頃のこと。

沙羅の父の関心が今度はこちらに向いた。

「赤崎くん、帰る前に少し早いがご飯を食べていくといい」

「……えっ、いや悪いですよ」

「なに遠慮することはない。わざわざ電車を使ってここまで来てくれたのだろう。もてなしはさせてもらわねばな……」

続いて沙羅からも晴也は懇願された。

「私からもお願いします……お料理作るのに私は手伝ってきますが」

二人からの頼みを断りづらく晴也は「では、お言葉に甘えて」と言う。

かくして、姫川一家と晴也は食事を一緒にすることになった。

＊＊＊

沙羅が使用人の方と食事を作りにいってから、晴也と沙羅の父は二人、食事ができるまで大きな和室で待つことになった。

気まずく重々しい空気がこの空間を支配していた。

（やばいって……よく見たらやっぱりこの人、顔怖いし……）

妙に熱くなってしまって目の前の人物に意見した晴也だが、落ち着いた今では内心で冷や汗を流してしまっている……。

（俺、さっき怒鳴り声に近い声出しちゃったし……余計に気まずいな）

と、晴也はピンと妙に背筋を伸ばしていると、沙羅の父は晴也に対して唐突に変なことを尋ねてきた。

「ところで、赤崎君、沙羅のことは懸想しておるのか？」

晴也は思わず吹き出しそうになったが、ぐっと堪える。

それから、相手の目を見据えながら晴也は答えた。

「……友達ですかね？」

疑問形になってしまったのは、晴也も晴也で、沙羅との関係を分かりやすく表現できる言葉が見当たらなかったからだ。

「……なるほどな、言いづらいのなら仕方がない」

そう沙羅の父は言いながらも、柔和な笑みを浮かべている。

恐らく晴也の発言を恋愛的な意味で恥ずかしがっていると解釈したのだろう。

晴也は首を傾げたものの、沙羅の父は続けた。

「良ければ沙羅の側で沙羅を支えてやってほしい……私はね、あんな沙羅の笑顔はこれまで見たことがなかった」

「そうですか……」

「ああ、きっと君がいたから沙羅は変わったのだろうな。それと、私はやはり駄目な父親なのだと痛感したさ……あのとき沙羅が自分の意見を言えると信じてやれなかった」

沙羅の父は振り返るように、そして、自嘲するかのように告げた。

「養子として沙羅を引き取ったから、沙羅は人一倍……姫川のために生きる決意が強かったのだろう。だから、これまで私の要求を嫌味も言わずにやり遂げてくれた。それなのに私は、それを自分の意見もしっかり言えない子だと決めつけ……悪い男に騙されぬように見合いを無理にさせようとした……沙羅は立派に成長しているというのに」

小さな子供のように扱ってしまっていたことを沙羅の父は悔いているようだった。

「それでも、姫川さんはきっとお父さんのことは責めないと思います。姫川さんから家の話を何度か聞くことがありましたけど、どれもお父さんを責める発言ではありませんでしたし」

（まあ、俺なら速攻グレてるだろうけど）

と、何の自慢にもならない思いを晴也は内心で抱えているが……。

「でも、きっとこれから変われると思います」

「そうだな、これから変わっていくしかないな」

そこで晴也と顔を合わせると沙羅の父は柔らかい笑みを浮かべた。

「ところで、赤崎くん。沙羅のさきほどの笑顔……可愛いと思わなかったか？」

そう尋ねてきた沙羅の父の嬉しそうな表情を見ると――。

（あ、今、この人全然怖くないわ。ただ娘が好きなお父さんだな）

と、思わずイメージが崩れたことで笑いそうになるのだった。

余談だが、沙羅の先ほどの笑顔は魅力的だとは思ったが。

面倒なことになりそうだったため晴也は適当に濁したのであった。

＊＊＊

一時間ほど時間が経つと料理が食卓へと並び始める。

いい匂いに釣られるようにして、大きな広間である和室から食卓へと移動した晴也と沙羅の養父の二人。

全ての料理を作り終えると、沙羅は晴也と向かい合う形で席に着いた。

「いただきます」

と、食事の前の挨拶をしてから晴也はご飯を頰張っていく。

沙羅の養父、使用人、沙羅、晴也の四人で食卓を囲んでいた。

何とも珍妙な組み合わせである。

並べられた料理はどれもが和風のもので、この邸宅の雰囲気と非常にマッチしていた。

味はもちろん深い旨味があって、どれもこれもが舌鼓を打つ味わいだ。

特に晴也は数ある料理の中でも揚げ出し豆腐が美味しいと感じていた。

するると、沙羅の父はそんな晴也の料理に対する反応に気づいたのか、

「この揚げ出し豆腐は沙羅の手作りでな、よく作ってくれる……」

と、柔和な笑顔でジッと晴也のほうを見つめてきた。

「そうなんですか。でもこの揚げ出し豆腐、ホントに美味しいですね」

「ふふっ……姫川家の家訓を叩きこみましょうか？　赤崎さん」

今度は使用人が何やら奇妙な笑みを浮かべて晴也のほうを見やる。

晴也が苦笑を浮かべていると、「ふむ」と頷いた沙羅の養父は使用人に言いつけた。

「それは良いかもしれんな……」

「ですよね、ご主人様」

ニコニコと沙羅の養父の目を見たかと思えば、再び晴也のほうへと視線を向ける使用人。

「い、いやぁ……さすがにそれは」

と、向かい側に座る沙羅のほうを見やれば彼女は――。

「……ちょ、ちょっと何言ってるんですか⁉　全く……」

顔を真っ赤にしながらも、満更でもなさそうであった。

晴也はそんな沙羅の姿を見て思わず溜め息をついた。

＊＊＊

そして、料理をご馳走になった後のこと。

名残惜しそうにされながらも明日は普通に学校があるため晴也は辞去することにした。

沙羅も実家に泊まると朝が早くなってしまうため下宿先まで戻ることにしたようである。

「今日はお父様とちゃんとお話ができて良かったです。それでは、赤崎さんと一緒に今日は帰ります……」

「お世話になりました、ご馳走様です」

沙羅の父と使用人の方に見送られながら、沙羅と晴也は帰路を辿ろうとする。

そのときだった。

「またいつでも帰ってきてくれていいからな、当然、沙羅もだが赤崎くんも実家の気分で」

（いや、もう結構です）

と、いうのが晴也の率直な本音だが、それはさすがに口に出せずに晴也は頷いた。

――それから、晴也と沙羅は帰りの電車に乗って帰宅することになる。

電車の中ではお互いに無言だった。

車内の壁際のほうに晴也と沙羅は寄りかかっていた。

定時帰りのサラリーマンが多いからか、行きの電車よりも帰りの電車のほうが混雑しており、晴也達は座席に着くことができなかったのだ。

――ガタン、ゴトン、ガタン、ゴトン。

電車に揺られつつ、沙羅と晴也は二人とも気恥ずかしい思いをしていた。

理由は単純。晴也が沙羅を壁際まで追いやり、その顔の横に手を突く体勢になっているからである。

「…………」

「…………」

その体勢は痴漢に備えてのもので、沙羅を守るためのものではあるのだが、思いのほか距離が近く、晴也は彼女の顔を直視することができなかった。

(……これ、相当恥ずかしいな)

と、何度も内心で反芻する晴也。

対する沙羅はといえば、妙に熱っぽい視線で晴也のことをぼーっと見つめていた。

とくん、とくん。

胸が切なくなるのと同時に身体が熱を帯びているのを自覚する。

（守っていただけてる……赤崎さんに）

その状況を噛み締めると「……えへへ」と子供らしい笑顔が内心で零れてしまった。

（全く……赤崎さんにはどれだけ感謝をしないといけないんですか……私は）

これまでのことを振り返ると沙羅は頬を綻ばせる。

（この感謝を伝えないとですね……）

とはいえ、言葉だけでは誠意というものは感じられないだろう。

沙羅は晴也へどう感謝を表現しようか、電車内でずっと思考を巡らせるのだった。

晴也は晴也で、気恥ずかしさから——。

（姫川さんにどのタイミングで正体をバラさない言質を取ろうか……）

と、変な気分にさせられないように本来の目的を脳内で反芻したのだった。

「いやぁ……電車凄かったな。ごめん、あんな体勢がずっと続いて」

「……い、いえっ」

電車に揺られ最寄り駅で降りたところで、晴也は沙羅に声をかけた。

「足は大丈夫か？　少し休むなら全然付き合うけど」

「お気遣い……ありがとうございます。ですが大丈夫です。それとさっきは助かりました」

さっきというのは言うまでもないが、晴也が沙羅を痴漢から守る体勢になっていた時のことだ。

頬を綻ばせながら、沙羅は内心で「……ごちそうさまです」と口角を緩めた。

「ああ、えっと、じゃあ帰るか」

「は、はいっ……！」

晴也の言葉に声を少し上擦らせながら答える。

先を進む晴也の背中を見ると、胸の中に宿るこの熱が冷めることはないでしょうね、と沙羅は確信を持つのであった。

「あの、姫川さん」

駅からの帰り道。河川敷通りで隣を歩く沙羅に晴也は意を決して声をかけた。

「は、はい……」

ビクッと背筋を伸ばして沙羅は返答する。

晴也は沙羅に申し訳なさそうにしながらも、手を合わせて頼み込んだ。

「姫川さん、お願いがあるんだけどいいかな？」

晴也の内に秘めていた目的。

それが遂に達成されると思うと晴也の気分は昂りを見せる。

（家の問題が解決したということはかなりの恩を売ってるはず。その上で彼女の口から正体をバラさない、と言わせれば確実にクラスで正体バレする恐れはない）

そう思って、晴也は沙羅に尋ねると――。

「何でも聞きますから、どうぞっ！」

顔はいまだに赤いまま、沙羅は晴也に勢いづいて先を促す。

そんな沙羅に「恩を売るとここまで顕著に効果が現れるのか」と苦笑を浮かべながらも口にした。

「俺ってクラスでは、そのっ、目立ちたくないから……正体をバラさないでいてくれないかな？」

そう言うと沙羅は、ぱちと目を見開いて固まった。

それから胡乱（うろん）げな瞳を向けて……口を開く。

「それ、前にもそう言ったと思うんですけど……」

「そう。そうなんだけどさ……今こそ再び決心してほしいなと思ったからさ」

沙羅は一瞬、首を傾（かし）げはしたもののそこで再び手を上げて宣誓した。

「……はい、分かりました。誓います」

「……っ、ありがとな」

晴也は内心でくつくつと笑った。

これでほぼ確実に律儀な性格の沙羅は晴也の正体をバラさないであろう、と確信を得ることができたからだ。

「……す、すみません。赤崎さん……肩にホコリがついているのでかがんでもらっていいですか？」

沙羅は顔を真っ赤にさせながらも、そんなことを尋ねてくる。

晴也は自分の目的が完全に達成されたことで歓喜に打ち震えていたからだろう。

だから唐突で不自然な発言も疑問に思わなかったのだ。

「え、あぁ……」

言われて腰を落としたその瞬間だった。

――柔らかい感触が頬に一瞬触れる。

何が起こったか分からず晴也の頭の中は真っ白になった。

「……こ、これは今までの分のお礼です」

顔を真っ赤にさせて「……そ、それでは」と軽快な足音を立てながら沙羅は立ち去っていった。

一人、その場に残された晴也はしばらく唖然とする他ない。

静かに柔らかい感触がした右頰に触れると晴也は項垂れる。

（い、今のは……い、一体なんだったんだ）

初めての感覚に……思わず晴也は顔を熱くさせてしまった。

沙羅が電車内、ひいては帰り道に口数が少なかったのには、この辺りが理由として挙げられた。

（……ほっぺに誠意をもってキスですかね……あぁ、でもどのタイミングでっ！）

と、ずっとそんな風に沙羅は帰り道、とりわけ電車内では悩んでいたのだ。

＊＊＊

さて、次の日。

今日は雲一つなく澄み切っており、それでいて同時に晴れ渡っていて天気は驚くほどの快晴であった。

晴也がようやく楽な気持ちで登校し自席につくと、S級美女達の会話が聞こえてくる。

「……沙羅ちん、今日めっちゃ元気だけどどうしたの⁉」

「そうね、雰囲気がいつもとは全然違うけど……」

晴れやかな自然な表情で、凛と結奈と話をする沙羅。

顔色が良く、何より表情も華やかそのもの。

凛はそんな沙羅を見ると、少し冗談めかして尋ねる。

「あっ……もしかして恋の味知っちゃった？」

いつもなら、ここで沙羅は弱々しくも否定するのが流れではあったのだが……。

「はい、恋しちゃいました……」

沙羅は人一倍……魅力的に笑ってみせた。

思わず呆気（あっけ）に取られる結奈と凜だったが、「詳しく」と凜が沙羅に詰め寄る。

一部のクラスメイト達も固唾を呑んで様子を窺（うかが）っていた。

「ふふっ、秘密です……恥ずかしいですから」

そう言って沙羅は自席で寝たフリをしている晴也にウインクする。

「…………」

思わず冷や汗をかきながら、晴也が素知らぬ振りをしていると、一部のクラスメイト達は唖然と固まり沙羅の見せたウインク姿に興奮を見せていた。

「え、今……俺に姫川さんウインクしたよな……」

「いや俺だって」

「分かってないな、俺に決まってるだろ」

と、謎に「我こそが！」と男子生徒達が張り合っていた。

そんな中、後ろの席の男子生徒である風宮（かざみや）が晴也の肩をトンと叩（たた）いてくる。

晴也は重い身体を起こして風宮のほうを向き直った。

「ん？　今度はどうした？」

「なああ……赤崎はさ、あの姫川さんの変わりよう、どう思うよ？」

「どう思うも何も……笑顔はまあ魅力的なんじゃないか」

「以前はすげえ沈んでたのに今はもう嘘のようだもんな。やっぱり姫川さんが恋した相手は偉大だってことだと俺は踏んでる」

「い、偉大？」

晴也は気恥ずかしさを隠しつつ、風宮に尋ねた。

「おう、だって俺の目から見ても姫川さんって見合いの問題で葛藤してたことは伝わってきてたからさ。それを解決しちまう男だぜ？　絶対とんでもないって」

風宮の言葉に対して、晴也は真剣な眼差しで答える。

「それは違うだろ……姫川さん自身が乗り越えたんだよ」

「……っ」

言うと風宮は顔を強張らせた。

「赤崎ってそんな顔できるんだな……」

気づけば自然と口角が緩んでしまっていたらしい。

晴也はすぐさま気恥ずかしさで風宮から視線を逸らすが、風宮は執拗に食い下がってきた。

「……なあなあ、でもなんでそんな表情浮かべたんだよ……？」

「……うるさい。そっちの目が節穴なんだろ」

「え〜そりゃ酷くね⁉」

晴也は大げさに振る舞う風宮に、鬱陶しそうに手をヒラヒラと払ってみせた。

——と、そんな時である。

Ｓ級美女達のこんな会話が晴也の耳に届いたのだ。

「——う〜ん、でも沙羅ちんをここまで変えちゃった男子はやっぱり気になるね！」

「そうね、私も気にはなるかな……」

「だねっ、結奈りん。じゃあちょっとずつ整理していこっか。たしかその人の特徴ってナンパから助けて——」

——と、凛がこれまでのことを結奈と振り返りながら晴也の話をしだしたのだ。

（待て待て……おい、これ結局、Ｓ級美女達の話題に上がってないか？）

何でだあああと、晴也は内心で情けない声を漏らした。

＊＊＊

これまでの人生で〝恋〟を知ることになるなんて思いもしませんでした。

昔っから友達ができても周りの子達は皆、恋のお話ばかり。

羨ましいと思うことはなかったですけど、それでも、周りの子達と自分は違うって感じてしまって、いつも一人だけ置いていかれて寂しい気持ちになってしまいます。

私は特別で他の子とは違うのだと小さい頃から教えられてきました。

ある程度大きくなると、恵まれた家庭で育った私には努力するための環境が提供されるようになります。

結果として、勉学やスポーツ、武芸や音楽などにおいて必死に取り組み、見事優秀な記録を残すことに成功しました。

その過程では辛いこともありましたが、養父には感謝の気持ちでいっぱいです。

姫川の家のために生きる。

そのことを私は信条とし生きて、養父に逆らわないような生き方をしていました。

でも、高校生になってから……すぐに転機は訪れることになります。

それは、赤崎晴也さんと出会ってしまったこと。

運命的な出会い方をした私は、この時から無意識に彼のことを想(おも)い始めます。

そうして、彼と交流して……少しずつ彼への好意を自覚するようになりましたが、私は失念してしまっていました。都合よく考えないようにしていました。

自分が姫川家の娘であること。そして自分が姫川の家のために生きる者だってことを。

きっと運命的な出会いをしたから気持ちが高鳴ってしまっているだけで、一時的な感情にすぎない。普通の恋愛っぽいことをしたらこの気持ちは収まるだろう。

と、私は他ならぬ自分に言い聞かせました。

――そう。

これで最後。そう言い聞かせて私は赤崎さんに別れを告げようと思っていたんです。

ですが、私の望みを裏切る方向へと話は進みました。

赤崎さんは私の欲しい言葉をかけてくれただけでなく、私の悩みも解消してくださった、のです。

（……正直言ってムカつきます）

彼が存在することで、あの父にも私はものを言えてしまったのだから……。

でも否応(いやおう)なく彼への〝好き〟の気持ちが私の中には溢(あふ)れていきました。

なるべく、彼との関係は続けていきたい……。

と、そんな想いが私の中で膨らんでいきました。

「赤崎さん……」

誰もいない部屋の中、ベッドに寝そべりながら沙羅はその名を口にした。

晴也が自分を助けてくれたように。

晴也が本当の自分のことを見つけてくれたように。

今度は沙羅が晴也を助けたいと思ってしまっていた。

沙羅の脳裏に浮かぶのは、晴也の学校での姿。つまり、晴也の抱える影の部分である。

「……私は赤崎さんのことが好きです」

枕にその言葉を投げかける沙羅。

――でも、その言葉を晴也に直接投げかける勇気はなかった。

かといって、溢れ出んばかりのこの熱い想いは胸の中に留めておけそうもない。

(だから、結奈さんや凜さんに想いを語るのは大丈夫ですよね……?)

学校での晴也は常に机に突っ伏しているため、沙羅は自分の話を晴也が耳にしてないことが分かったのだ。

そのため、沙羅は気兼ねすることなく結奈と凜にこの話をすることができる。

間接的な告白のようだが、恋バナをすれば気持ちが高揚感に自然と包まれる沙羅。

――いつか晴也の問題が解決して、沙羅が好意を伝えられる日がきたらそのときは。

「そのときこそ、ちゃんと面と向かって好きって伝えますから」

だから、それまで。

教室で赤崎さんの名前は出しませんから友達と恋バナをさせてください。

顔を真っ赤に染めながらも、華やかな笑顔を沙羅は浮かべていた。

あとがき

はじめまして、作者の脇岡こなつと申します。

この度は本作をご購入いただきありがとうございます。

この作品はカクヨムにて執筆していたラブコメの作品で、Ｗｅｂ連載時は「とにかくコミカルに、楽しんでもらえるように！」を意識して書いていたのを覚えています。

現実感は無視して、そりゃあもうやりたい放題に書いておりました（笑）

ただ勢い任せで書いていた分、書籍化のお声がけをいただいた際は嬉しい気持ちの反面「改稿作業やばそう……」といった不安な気持ちも同時にありました。

見事、その予感は的中し改稿作業はすごく大変でした（笑）

本文の九割ほどは書き下ろしでほぼほぼ新作といっても過言ではないと思います！

そのため、カクヨムで本作をお読みいただいた読者さんの方々にも、楽しめる内容になっていると信じたいです！

今回のお話では、沙羅がメインでお話が進んでいきましたがいかかでしたでしょうか。

沙羅可愛い！　天使！　ぶっ飛んでるけど可愛いからご愛嬌！　と思っていただけますと作者は泣いて喜びます（笑）

他の二人のヒロインにつきましては、二巻、三巻と本作が続きましたら深掘りすることになるかと思います。

それでは、謝辞へと移らせていただきます。

まずは本作を応援してくださる読者様。本当にありがとうございます。おかげ様でこうして出版することができました。

美麗なイラストを描いてくださったイラストレーターのmagako様。イメージに合った主人公に、特徴を摑んだ可愛くも美しいヒロイン達を描いてくださりありがとうございます。

イラストが届く度に惚れ惚れとし。やる気を出させていただきました。

本作を担当してくださった担当編集者様。未熟で不慣れな私にたくさんのアドバイスをくださり、また親身に寄り添っていただきありがとうございます。

今後ともよろしくお願いいたします。

本作の制作に関わってくださったすべての方々に感謝いたします。

また、本作を手に取っていただいているあなたには頭が上がりません。

本当にありがとうございます！

この場をお借りして心より感謝します。

それでは、また二巻でお会いできることを祈らせていただきます。

ありがとうございます！

なぜかS級美女達の話題に俺があがる件

著　脇岡こなつ

角川スニーカー文庫　23679

2023年6月1日　初版発行

発行者　山下直久

発　行　株式会社KADOKAWA
〒102-8177 東京都千代田区富士見2-13-3
電話　0570-002-301（ナビダイヤル）

印刷所　株式会社暁印刷

製本所　本間製本株式会社

◇◇◇

●お問い合わせ
https://www.kadokawa.co.jp/（「お問い合わせ」へお進みください）
※内容によっては、お答えできない場合があります。
※サポートは日本国内のみとさせていただきます。
※Japanese text only

Printed in Japan　ISBN 978-4-04-113736-9　C0193

★ご意見、ご感想をお送りください★

〒102-8177 東京都千代田区富士見 2-13-3
株式会社KADOKAWA　角川スニーカー文庫編集部気付
「脇岡こなつ」先生「magako」先生